HENRY PIGAULT

POÉSIES

DIVERSES

SONNETS & RONDEAUX

PARIS
IMPRIMÉ PAR CHARLES SCHLAEBER
257, RUE SAINT-HONORÉ, 257

MDCCCLXXXII

HENRY PIGAULT

POÉSIES

DIVERSES

SONNETS & RONDEAUX

PARIS

IMPRIMÉ PAR CHARLES SCHLAEBER

257, RUE SAINT-HONORÉ, 257

MDCCCLXXXII

SONNETS ET RONDEAUX

PRÉLUDE

La terre est retombée en friche....
Jadis, n'ai-je, en la défrichant,
Cultivé qu'ortie et pois chiche,
Mauvaises herbes dans mon champ?

Au moins elles n'ont pas d'épines
Et ne pourront rien entraver;
Comme elles n'ont pas de racines,
On pourra mieux les enlever.

J'en retrouve un bien petit nombre
Qui dessèchent dans un cahier;
Et, comme il leur sied d'être à l'ombre,
J'ai pensé leur faire un herbier.

TRIBUT LÉGITIME A LA MUSE

Muse, il me prend la fantaisie
De me nommer à l'univers;
Inspire-moi ta poésie,
Car je me sens piqué des vers.

Une fois la pièce choisie,
On peut s'élever dans les airs;
Et la rime, une fois saisie,
Franchit l'horizon des déserts.

Erreur! Enfant, car le poète
N'a pas, comme toi, l'âme faite;
Il ne voit pas du même jour.

Il faut au poète une image :
La poésie est le langage
De la douleur ou de l'amour!

LES HOMMES AUSSI....

Les hommes aussi, que le temps atteint,
Se teignent la barbe et se font le teint.
Mesdames, vous qui forcez la nature,
Vous trouverait-on si belle tournure,
Si l'on vous voyait dès le grand matin?
Le vieux, pour rester un jeune pantin,
Prend grand soin de lui, se farde et se teint.
Vous avez du goût, vous, pour la peinture?
    Les hommes aussi!

Il ne faut pas trop être puritain;
L'homme n'en est pas moins caricature.
Mesdames, soignez votre.... architecture,
Avec un succès plus ou moins certain;
Mais laissez parer aux coups du Destin
    Les hommes aussi!

UN RÊVE

Je m'étais réveillé brusquement, et mon cœur
Se tordait sous le poids d'une soudaine étreinte,
Et je ne pouvais même exhaler une plainte.
J'entendais résonner comme un discours moqueur :

« Il n'a pas eu de peine à devenir vainqueur...
« Elle l'aime et l'avoue aisément, sans contrainte. »
Elle!... Lui!... Dieu clément! est-ce une vaine crainte?
Je sens mes tempes battre avec trop de vigueur!

Oh! je n'aurai jamais émotion pareille
A celle dont ces mots, vibrant à mon oreille,
Secouèrent mon âme en élans douloureux.

J'avais beau m'assurer que ce n'était qu'un songe,
L'amertume des mots m'en cachait le mensonge,
Et je me suis surpris des larmes dans les yeux.

CE QUE JE REGRETTE...

—

Ce que je regrette, il est vrai,
Ce n'est pas encor l'intérêt
Dont manqua la longue audience;
Je me plaisais à la séance,
Et j'ai cependant un regret.
Lequel? — Pardon, c'est un secret
Qui sûrement étonnerait.
Sais-je bien même, en conscience,
    Ce que je regrette?

Sais-je aussi comment on prendrait
Cette innocente confidence?
Et quand bien même il se pourrait
Qu'on eût pour moi de l'indulgence,
Je ne sais si mon cœur dirait
    Ce que je regrette!

A ROSINE BLOCH

—

Aczucéna n'a pas compté sur sa jeunesse
Pour avoir un triomphe au soir de son début.
Fidès veut qu'à son chant seul on la reconnaisse,
Et, sous un écrasant souvenir, marche au but.

C'est ainsi que sa voix, charmante de souplesse,
La plaça dès l'abord au rang qu'elle voulut;
Superbe d'énergie autant que de noblesse,
Elle s'est présentée au public et lui plut.

Parfois si doux, parfois son chant, large et sonore,
Fait passer le frisson aux cris de Léonore,
Et va remuer l'âme en en trouvant l'accès.

L'admiration vraie est pauvre de paroles, —
Madame. — Il suffirait d'énumérer vos rôles
Pour énumérer vos succès.

SI J'AIMAIS. . .

Si j'aimais ! si j'aimais quelque jour, je voudrais
Qu'elle eût la beauté d'âme et la beauté des traits,
La passion jalouse et facile à la haine,
Et la chaleur du sang castillan dans la veine,
Et les enivrements qui laissent des regrets.
Puis encore qu'elle eût de ces regards distraits
Qui sont pour des sujets l'aumône d'une reine ;
Puis encore.... voilà comment je l'aimerais,
Si j'aimais !

Sur un signe, ravi de mon bonheur, j'irais
Disputer en champ clos ou lutter dans l'arène.
Heureux que sur mon front s'épandît son haleine,
Pour lui donner une heure à vivre, je mourrais ;
Mais puis-je encor bien dire en cachant mes secrets :
« Si j'aimais ? »

NOUVEAU JOUET

—

Que sert de se bourrer la tête de chimères,
Parce que le passé n'est rien près du présent?
Pleurer? — Non; — ce seraient des larmes trop amères!
Rire? — Non; — ce serait un rire agonisant!

Le travail, c'est l'oubli de toutes nos misères;
Le temps efface tous les chagrins qu'on ressent.
Les pleurs qu'on verserait seraient des pleurs sincères;
L'oubli n'est pas impie, il est compatissant.

Par un jouet nouveau faut-il pas qu'on remplace,
Madame, le jouet dont on est un jour lasse?
On a bien vite fait de lui voir des défauts;

Ou bien, quoique épuisant une force inconnue,
A le briser déjà n'étant pas parvenue,
Le jette-t-on au loin en trouvant qu'il est faux!

SI JE FAIS PEUR....

Si je fais peur, pourquoi ne suis-je enfant ou nain?
Je ne suis pas serpent, je n'ai pas de venin,
Et, n'ayant pas de dard, je ne suis pas vipère.
Point de griffes; des yeux, une assez bonne paire;
Des dents qui mordraient bien; pas d'instinct léonin;
Un chien d'appartement docile, un vrai carlin
Qu'on frappe et qu'on repousse, et qui baise la main.
Mais tout est inutile et je me désespère
Si je fais peur!

Je suis apprivoisé, je ne mords pas enfin,
Et ne voyez-vous pas que votre grâce opère?
Esclave, chien couchant, ex-monstre sans repaire,
Je vivrais à vos pieds, blotti sur un coussin....
Hélas! à quoi me sert mon air le plus bénin
Si je fais peur!

A UNE DAME AU SORTIR DU THÉATRE

—

Pour un poétereau, c'est trop d'heur en un soir ;
Aussi veux-je, en forçant quelque peu le rebelle,
Et n'osant lui promettre occasion nouvelle,
Vous dire mon plaisir aujourd'hui sans surseoir.

J'étais ce qu'on appelle une ombre, un repoussoir,
Et, si cela se peut, vous paraissiez plus belle....
Mais je vois que ma plume abîme le modèle
Et que mon encrier est un triste encensoir.

Heureux, fier, je cueillais les regards au passage,
Pour vous en composer un bouquet sans feuillage,
Tout d'admiration, d'extase et de ferveur.

Hélas! je le voudrais, mais en vain je l'apprête ;
Les fleurs sont en grand nombre et pourtant je m'arrête :
Pour lier mon bouquet je n'ai pas de faveur!

A ARSÈNE HOUSSAYE

—

Mes titres! — Les voici pour avoir un billet.
Je prends, bien qu'arrêté par un trouble complet,
De l'encre sympathique et ma plume encor neuve,
Et, sûr que vous voudrez ne pas blâmer l'épreuve,
Je vais vous en donner la liste, s'il vous plaît.
Je ne suis, — me dit-on, — ni trop bête, ni laid;
Je trousse une épigramme aussi bien qu'un poulet;
Mais vous me demandez, sans exiger de preuve,
        Mes titres : les voici.

Je fais mon droit et dis pour moi mon premier plaid,
Avant qu'au Tribunal je ne touche et n'émeuve,
Et perde l'orphelin en défendant la veuve.
J'ai le nom d'un auteur que le grivois comblait.
Puisque pour votre bal, monsieur, il vous fallait
        Mes titres : les voilà!

A LA BONNE ÉTOILE

Bonne Étoile, Fortune ou Chance, sois bénie!
Qu'importe de quel nom je te doive appeler,
Car tu viens, par un coup de bienfaisant génie,
D'annoncer ta présence et de te révéler.

Tu peux bien défier la vaine calomnie
De ceux qui, par plaisir, veulent tout ébranler.
Si l'incrédulité te repousse et te nie,
Tu peux compter sur moi, je suis là pour parler!

Être surnaturel, puissance surhumaine,
Que ta main, à mon but, comme hier soir me mène!
Reçois dès aujourd'hui l'hommage qui t'est dû.

Qui que tu sois, merci de ta bonne surprise.
Si je fus doublement heureux, c'est que l'on prise
Le plaisir d'autant plus qu'il est moins attendu.

POINT N'AVEZ VOULU...

—

Point n'avez voulu de mon reposoir,
Ne sais si j'ai droit même m'en douloir ;
Mon empressement vous a fait sourire,
Pour une autre fois cela doit suffire....
Avais cru pourtant faire mon devoir.
Si point ne l'ai fait, voudrais comparoir ;
Mes torts à chacun doivent apparoir,
Et me défendrai par ce seul bien dire :
    Point n'avez voulu.

Dire le pourquoi, si j'avais pouvoir,
En lettres de feu le voudrais écrire.
Si pieux respect voulez m'interdire,
Plus profondément n'essaierai pas voir,
Et tôt me dirai qu'il faut à savoir :
    Point n'avez voulu.

BRUNE ET BLONDE

—

L'une est blonde, au teint clair, à la joue encadrée
Dans des bandeaux de blonds cheveux ;
Et ses yeux ont au ciel pris leur teinte azurée,
Leur constance et leur calme heureux.

L'autre est brune, au teint mat, à la tresse moirée,
Et semble porter dans les yeux
Un éclair de bataille et d'audace assurée,
Un reflet d'un cœur orageux.

L'une est bonté, douceur, force sans artifice,
Et l'autre est passion, fantaisie et caprice ;
L'une a la foi, l'autre est de feu !

Brune est l'amour poussé jusqu'à la frénésie,
Blonde est l'amour rêveur et plein de poésie ;
L'une a l'œil noir, l'autre a l'œil bleu.

TOUT POUR LES DAMES...

Tout pour les dames je ferai,
Car c'est pour moi culte sacré,
Avec cela, tant soit qu'on dise,
Si je commets une sottise,
Pas moins estimé n'en serai.
Si, pour quelque acte aventuré,
M'a le monde un jour dénigré,
Lui dis, pour qu'il se tranquillise :
 Tout pour les dames.

Et, me croyant énamouré,
Si doute indiscret timoré
Que soit la formule indivise,
En seule réponse dirai,
Al pour amour et pour devise :
 Tout pour les dames.

A UNE JEUNE FILLE

—

Entre l'yeuse et l'aubépine,
Le ciel la fit naître un été ;
Et l'on voit qu'elle a pris racine
Dans le terrain de la bonté.

Rose, mais rose sans épine,
Elle en a la douce fierté ;
Violette que l'on devine,
Elle en a la simplicité.

Ce n'est pas une fleur vulgaire :
Son parfum à mes soins naguère
Fut apporté par les autans.

Pleine de grâces virginales,
Sa corolle a dix-huit pétales :
Chaque pétale est un printemps.

LE COLLIER

I

Il bondissait, rétif, alors qu'on lui voulait
Imposer un collier qu'il fuyait avec rage;
Et, supportant le fouet avec un fier courage,
Il relevait le front sous la main du valet.

Ensuite l'on est doux, on le flatte, on se plaît
A croire que les soins dompteront ce sauvage....
« Un si brillant collier, ce n'est pas l'esclavage;
Son col restera blanc de la blancheur du lait. »

Et pourtant l'animal se raidit et s'entête
A ne point abaisser docilement la tête,
Et n'est pas moins rebelle aux caresses qu'aux coups.

Sous l'ornement trompeur, c'est la chaîne qu'il trouve.
Il hennit de douleur; mais, invincible, il prouve
Qu'il n'est pas de colliers allant à certains cous!

II

On l'avait laissé seul et libre. — On lui voulait
Dans le calme et l'ennui faire passer sa rage.
N'ayant pu le dompter, on lassait son courage;
On l'avait enfermé loin du fouet du valet.

Mais alors l'animal en liberté se plaît
A mettre un frein lui-même à son ardeur sauvage,
Dans le collier fermé, symbole d'esclavage,
Il veut glisser son col de la blancheur du lait.

Le collier, trop étroit, lui résiste. — Il s'entête
A vouloir y passer péniblement la tête,
Et fait ce que n'ont fait ni les soins ni les coups.

Sous le lien brutal, c'est l'ornement qu'il trouve;
Il saigne, il est blessé; mais, insensible, il prouve
Qu'il est certains colliers allant à tous les cous

LES LITS

Les uns, berceaux d'enfants, premières balancelles,
Où la souffrance trouve un trop facile accès,
Sont comme des foyers cachant des étincelles
D'où jailliront un jour la gloire et les succès!

D'autres, vrais nids d'amour entourés de dentelles,
Reçoivent tant d'aveux de si charmants secrets,
Et sont les confidents de félicités telles,
Qu'ils en diraient trop long s'ils étaient moins discrets!

D'autres sont les gibets où la douleur nous cloue,
Puis les grabats d'hospice où la misère échoue,
Puis le marbre où les morts instruisent les vivants!

O vous! trempés de pleurs et de notre sang même,
Puissiez-vous nous garder jusqu'à l'heure suprême
Des tourmentes du monde et de tous les grands vents!

POÉSIES DIVERSES

APOLOGUE

—

Dans sa serre chauffée aux degrés du printemps,
Voyez dépérir cet arbuste ;
Il s'étiole, il est enfermé trop longtemps.
Exposez-le plutôt aux atteintes du temps,
Il deviendra grand et robuste.
Surtout n'attendez pas qu'il semble supplier
Qu'on veuille bien le délier.
Qu'il soit libre avant que sa tête
De sa prison touche le faîte,
Ou qu'il ait la hauteur
De son tuteur!
Car si vous le laissez dans son cachot de verre,
Et qu'il parvienne à briser
Le dôme de la cloche ou celui de la serre
Où vous voulez le garder, l'épuiser,
Le mal sera moindre; et la plante
Qu'on croyait chétive, indolente,

En sentant au dehors l'air de la liberté,
Ignorant le soleil, ignorant la rosée,
Oubliera sa captivité
Loin de l'enveloppe brisée;
Et, vive d'autant plus qu'elle aura moins vécu,
Aux ardeurs du soleil s'exposera sans crainte;
Dédaigneuse du lourd abri qu'elle a vaincu,
Du froid subira l'étreinte,
Et méprisera son chaud
Cachot.
La liberté lui peut être fatale
Par l'abus qu'elle en fera,
Et, plantée en un sol de terre végétale,
D'air et de vie elle mourra.
Elle mourra! Le mal sera moindre! — Au contraire,
Si, n'ayant pu briser le verre,
Elle s'est soumise à regret,
Vous jouirez d'un bien triste spectacle :
L'arbuste courbera sa tête sous l'obstacle,
Et pâle, entrevoyant le sort qu'il lui faudrait,
Végétera la longue vie
Que lui dessécheront les désirs de l'envie!
Ou bien si, retenu par force à son tuteur,
Sommet contre sommet ils ont même hauteur,
Et qu'on le maintienne en tutelle,
Frappé d'une atteinte mortelle,
Vous verrez chaque jour qu'il tombe et dépérit.
Son cœur atrophié devient froid comme un cloître;

Il puise encor la sève qui fait croître
Mais non la sève qui nourrit.
De même cet enfant, à qui votre tendresse,
D'un ruban fait une laisse,
Et, même vous le reprochant,
Que vous portez, craignant qu'il se donne une entorse
En marchant.
Il ne peut connaître sa force
Si vous l'empêchez de tomber.
Laissez-le donc enjamber,
Comme un obstacle imaginaire,
Les lignes qu'il trace par terre;
Il affrontera mieux plus tard
Les vrais accidents de la vie,
Sans grand écart
De la ligne droite suivie.
S'il tombe, s'il faillit étant jeune, tant mieux :
Il se relèvera plus vite qu'étant vieux !

POUR LA FÊTE DE M. P...

Je suis de mes amis aujourd'hui l'interprète,
Et je veux profiter du jour de votre fête
Pour vous remercier, cher maître, au nom de tous,
Des peines et des soins que vous prenez pour nous.
Nous faisons de la vie ici l'apprentissage,
Sous les yeux bienveillants du maître le plus sage
Qui veut que nous tenions, parmi le monde, un jour,
Une place honorable, un rang, à notre tour.
Votre zèle constant, votre sollicitude,
Vos avis paternels nous font aimer l'étude;
Car nous trouvons en vous non le dur professeur,
Mais plutôt un ami qui veut avec douceur,
Comme un père à son fils, usant de patience,
Inspirer sans ennui l'amour de la science.
Aidez-nous, guidez-nous, montrez-nous de la main
Comment par le travail chacun fait son chemin.
Quel que soit notre sort, nous garderons sans cesse
De vos conseils d'ami la profonde sagesse
Gravée en notre cœur.
Buvons à la santé de notre professeur!

LE PREMIER SECRET

Entre ses clairs rideaux de mousseline rose,
Son visage est charmant;
Sa bouche de corail, comme une fleur éclose,
Sourit en ce moment.

Elle rêve!... Écoutons!... Elle rêve!... Silence!...
Quelle douce beauté!
Comme on voit sur son front écrites l'innocence,
La candeur, la bonté!

Jamais un souffle impur n'a souillé son haleine.
Elle vit en dehors
De ce monde maudit, de cette indigne arène,
Abîme du remords,

Où l'on engloutit tout, honneur, beauté, jeunesse;
Où l'âme se corrompt;
Où chacun a, marqué, ce signe de vieillesse,
La lassitude au front.

Chambre de jeune fille, atmosphère céleste,
Temple de pureté,
L'âme, au milieu de vous, se sent vivre et déteste
L'air du monde empesté.

Ses lèvres ont parlé, sa tête se soulève,
Et son sein virginal
S'agite. — Elle paraît aspirer dans son rêve
Un parfum matinal.

Un hôte, jusqu'alors inconnu, dans son âme
Pénètre en ce moment.
Elle est fille, elle est femme, et, comme toute femme,
Possède un cœur aimant.

Elle revoit en songe un regard, un visage
Elle entend une voix,
Et dans son cœur revient se graver une image ;
Qu'elle vit une fois.

Quand on verra demain son front pur et modeste
Se couvrir de rougeur,
Et ses yeux refléter, comme un éclat céleste,
Un rayon de bonheur,

Ne lui demandez pas, d'un air triste et sévère,
Qui la trouble en ce jour.
C'est le premier secret que l'on cache à sa mère :
Le secret de l'amour.

PARIS!

O Paris! tu devins la grande forteresse,
L'obstacle infranchissable où vinrent se briser
Les efforts des soldats comptant sur ta détresse
Pour t'attaquer, te prendre et te dévaliser.

Tous voulurent dès lors apporter leur obole,
Pour aider au salut d'un Paris si vaillant.
L'orateur lui donna l'appui de sa parole,
L'ouvrier son travail, l'artiste son talent.

Des canons! — Des canons, on en fondit en masse,
Avec le sou du pauvre et l'or de l'opulent.
Des canons! pour répondre à la fière menace
Que nous fait sous nos murs le Prussien insolent.

Paris change, et dans l'air bientôt les canons grondent.
Ses forts sont attaqués. — On entend par moment
Un bruit sourd, répété, terrible, auquel répondent
Coup pour coup nos canons par un fort grondement.

Paris dort maintenant, pendant qu'on se mitraille.
Paris se fait à tout, même au bruit du canon.
Le soldat citoyen rêve de la bataille,
Et son fusil devient son plus cher compagnon.

Bientôt on voit pleuvoir les obus sur la ville;
Mais le Parisien rit de ce nouvel effort,
Et, raillant l'ennemi de sa peine inutile,
Court après les morceaux des messagers de mort.

Ce ne sont que soldats partout; le clairon sonne;
Dans tous les yeux on lit l'ardeur; le tambour bat;
L'obus siffle dans l'air, et le bronze résonne,
Et tous les citoyens s'apprêtent au combat.

Une telle cité ne peut être défaite,
Lorsque tous ses enfants, brûlant de la venger,
S'élancent au combat comme on court à la fête,
Pour défendre leur sol souillé par l'étranger.

Pendant près de cinq mois, séparé de la France,
Paris a bien souffert sans jamais perdre espoir.
Par ses privations aidant la résistance,
Le Paris élégant a mangé du pain noir.

Il trompa les efforts de l'armée ennemie
Longtemps, et la province en armes résistait;
Mais un jour la cité paraît s'être endormie,
Le canon a cessé de gronder, tout se tait...

Quoi! c'est fini! — Paris abandonne la lutte,
Déjà! — Sans s'épuiser dans un dernier effort,
Il se tait lâchement pendant que l'on discute,
Et qu'on règle à forfait les apprêts de sa mort.

Quoi! Paris, tu te rends? toi, si fier et si brave,
Alors que tu pouvais. — que tu devais lutter!
Tu te livres, courbant le front, comme un esclave,
Sous le talon de ceux que tu crains d'irriter!

Le cœur ne bat-il plus dans ta vaste poitrine?
Tout est donc mort en toi, fierté, courage, ardeur?
Le foyer s'est éteint, et l'immense ruine
Étouffe dans l'oubli tes sentiments d'honneur!

« Que peut le prisonnier sans une main amie,
« Le lion enchaîné, le mort dans son cercueil?
« Tous les forts sont livrés!... » — Tous les forts! Infamie
O France, ceins ton front d'un noir voile de deuil.

Les armes que forgeait notre patriotisme,
On les rend aux Prussiens, toutes, par trahison;
Et la grande cité, malgré son héroïsme,
Est tombée en fixant les yeux sur l'horizon.

1871

—

Que nous apportes-tu, nouvel an ? La tristesse,
La misère au teint blême et la sombre détresse,
Compagnes du malheur ?
Ou bien est-ce la joie avec son frais sourire
Qui s'avance au-devant de nous et semble dire :
« Loin de moi la douleur ! »

Nouvel an, nous viens-tu le flanc gonflé d'orages
Et le front soucieux, chargé de noirs nuages
Obscurcissant nos fronts ?
Oh ! nous avons assez souffert de la tempête
Qui depuis trop longtemps souffle sur notre tête
La honte et les affronts !

Paris fut investi... Le beau Paris frivole
Ferme aussitôt son sein d'où le plaisir s'envole,
Et, devenant soldat,
Montre dans le malheur tout son patriotisme.
Et puise dans la lutte un plus grand héroïsme
Pour voler au combat.

An passé, tu l'as vu! Bismarck l'étreint encore.
Verras-tu, nouvel an, une plus belle aurore
Luire à son horizon?
Verras-tu, glorieux, grandi par la souffrance,
Paris régénéré, Paris sauvant la France,
Sortir de sa prison?

Hélas! ô honte! Il est un terrible mystère!...
Un mot se répandit, effrayant, sur la terre :
Metz se déshonorait!
Metz à la renommée immense, universelle,
Sur qui chacun fixait les yeux, Metz la pucelle,
Vivante se livrait!

Guillaume aurait voulu, souillant son territoire,
A la France arracher son drapeau de victoire :
Il en a des lambeaux!
Malgré ses trahisons, ses ruses, ses surprises,
Le sien ne flotte pas sur des villes conquises,
Mais sur de grands tombeaux!

Oh! que de sang versé! que de cris, que de larmes,
Que de valeureux morts dans le malheur des armes,
Que de vaines fureurs!
Des héros inconnus peut-on savoir le compte?
O soleil, as-tu pu regarder tant de honte,
Éclairer tant d'horreurs!

Va-t'en bien loin de nous, tableau de la bataille,
Champ horrible où l'on voit faucher par la mitraille
Des frères, des amis!

Notre sang n'a-t-il pas bien payé notre grâce?
N'en est-ce point assez pour effacer la trace
Du pas des ennemis?

LES JOURS D'ÉMEUTE

I

AVANT

Un jour il revint tard, inquiet, soucieux.
Il s'assit dans un coin, triste, silencieux,
Comme un homme en défaut qui craint qu'on ne le voie.
Son cœur était châtré de bonheur et de joie,
Et, jetant ses outils, il se prit à pleurer.
« Qu'as-tu donc, mon ami? Pourquoi désespérer,
» Quand le travail commence au contraire à reprendre?
» Pourquoi pleurer? »
— « Hélas! je ne puis me défendre
» D'une angoisse profonde en voyant l'avenir.
» L'orage est sur nos fronts, et je le sens venir.
» La misère!... Pour toi je damnerais mon âme!
» Sais-tu ce qu'on m'a dit aujourd'hui, pauvre femme?...
» François, le travail chôme, et nous ne pouvons plus
» Conserver tant de bras aujourd'hui superflus.
» Je veux, en vous quittant, rendre un bon témoignage
» Au zèle que toujours vous mîtes à l'ouvrage.

» Donnez-moi votre main; quittons-nous en amis.
» Vous voyez la détresse où ces gens nous ont mis.
» Le trouble et la terreur s'étendent sur la ville
» Et nous nous préparons une guerre civile!... »
» Le travail ne va plus!... Que ferons-nous demain?
» Qui viendra nous aider à gagner notre pain?
» Et cet enfant! pourquoi le charger de la vie,
» S'il doit déjà sentir la faim inassouvie,
» La misère glacée et le poids du malheur?
» Si son premier accent est un cri de douleur;
» Si le premier visage auquel il veut sourire
» Est voilé par des pleurs qui repoussent le rire?
» Malheur! trois fois malheur! car il vient pour souffrir,
» Pauvre innocent qui naît et n'a plus qu'à mourir! »

. . . .

Trois jours il attendit, le front baissé, l'œil morne,
Comme le mendiant, assis près d'une borne,
Attend quelque passant pour lui mettre en la main
L'obole qu'il lui faut pour acheter du pain.
Puis un soir, il sortit brusquement, sans rien dire,
Et sa compagne en pleurs n'eut pas assez d'empire
Pour obtenir de lui l'aveu de son projet :
« Bientôt de mon départ je te dirai l'objet. »

. . . .

Il revint dans la nuit, les yeux brillants de fièvre,
Il avait un amer sourire sur la lèvre,
Et semblait presque heureux : de ce triste bonheur
Qu'on n'obtient qu'en vendant son âme et son honneur.

Aussi sa joie avait quelque chose d'horrible,
De hideux! — Son regard, brûlant d'un feu terrible,
Dardait, comme injectés de sang, ses yeux ardents,
Et le rire semblait siffler entre ses dents.
Il parla; mais sa voix, retentissant dans l'ombre,
Lui fit peur, au milieu de sa mansarde sombre :
« Femme, dit-il, pour toi je ne crains plus la faim!
» J'ai risqué l'avenir pour un morceau de pain!... »

. . . .

II

APRÈS

Parisiens, avez-vous été jusqu'à Versaille?
Allez-y; vous verrez ce qu'on nomme canaille,
Fange, lie et rebut abject des nations,
Ou sinistres fauteurs de révolutions.
Mais vous verrez aussi beaucoup d'hommes honnêtes,
Des esprits égarés ou bien de folles têtes.
Ah! ceux-là sont à plaindre; ils ont assez souffert.
Le voile qui couvrait leur esprit s'est ouvert,
Déchiré brusquement par l'effroyable issue;
Et la réalité, qu'ils n'avaient aperçue
Que comme un vain fantôme auquel on ne croit pas,
S'est dressée à leurs yeux et s'attache à leurs pas.
D'un regard ils ont vu la hauteur de l'abîme.
Honteux d'être appelés les complices du crime

Et sentant qu'ils seront sévèrement jugés,
Ils se sont tus, courbant le front, découragés!
Combien d'êtres à plaindre et d'êtres méprisables,
Et combien d'innocents parmi tant de coupables!

. . . .

J'ai vu ce lourd cercueil, cette vaste prison :
Une voûte glacée, un mur, c'est l'horizon!
J'ai vu ces grands caveaux où l'on parque des hommes;
J'ai vu, — c'est une honte en le siècle où nous sommes, —
Des êtres, des humains en troupeaux ramassés,
Sur le sol poussiéreux pêle-mêle entassés!...

. . . .

Un jour, — en juin dernier, — je vis une pauvresse,
Les yeux bouffis et pleins d'angoisse et de tristesse,
Qui trottait sous la pluie, un enfant dans les bras.
Elle semblait vouloir toujours hâter le pas,
Et ses cheveux mouillés, ruisselant sur sa joue,
Et son jupon troué qui traînait dans la boue,
Et l'enfant, dans un coin de châle enveloppé,
Lui donnaient un si pauvre aspect ; — j'en fus frappé.
D'où venez-vous? lui dis-je, en me rapprochant d'elle.
Elle me regarda tristement; sa prunelle
Semblait me dire : « Eh quoi! ne le savez-vous pas?
» De Paris! »
— « De Paris! à pied? sans doute. »
— « Hélas!
» Quand on est misérable, on souffre et l'on se prive;
» On part un peu plus tôt, à pied, et l'on arrive.

» J'ai travaillé huit jours pour porter ce que j'ai,
» Aussi bien je me donne un plein jour de congé.
» Ah! vous ne savez pas ce qu'est notre souffrance!
» C'est la nuit sans repos, le jour sans espérance!
» Il faut tant de douleur pour un morceau de pain,
» Que le soir, en rentrant, souvent je n'ai plus faim.
» Le prisonnier m'attend! »
Elle marcha plus vite,
Évitant les passants, pauvre être qu'on évite,
Et parvint à la porte, après quelques instants,
Où dans la boue encore elle attendit longtemps.
C'est la porte de fer, l'inexorable grille
Qui tient des malheureux privés de leur famille :
Coupables, innocents, dans un même troupeau;
Coupables, innocents, dans un même tombeau.

. . . .

Enfin, ce fut son tour. Elle entra, — pauvre femme, —
Ébauchant un sourire avec la mort dans l'âme.
Une voix dit son nom. — Un cri de son enfant
Souleva dans son cœur un sanglot étouffant, —
Un sanglot comme en a l'âme qui désespère. —
L'enfant reconnaissait le visage du père!
Le prisonnier déjà la serrait dans ses bras;
Le front sur son épaule elle pleurait tout bas.
Puis il prit le petit, la frêle créature
Dont l'âme avait jeté le cri de la nature,
Et, de ses bras serrés lui faisant un berceau,
L'endormit comme au nid s'endort un jeune oiseau.

. . . .

— « Ils m'accusent d'avoir tiré contre l'armée,
» Et l'accusation se trouve confirmée
» Par d'indignes témoins qui viennent déclarer
» Que, par une fenêtre, ils m'ont bien vu tirer!
» Ah! j'avais trente sous pour nourrir ma famille;
» Si je l'ai mérité, soit donc, qu'on me fusille! »

. . . .

Puis ils se parlaient bas, regardant autour d'eux
Si l'on n'enviait pas ces moments presque heureux.

. . . .

On vint les séparer. — Une dernière étreinte
Du choc des deux douleurs fit jaillir une plainte,
Et, faisant à sa femme un signe de la main :
« Notre espoir doit avoir un heureux lendemain;
» La justice n'est pas une froide statue.
» Va, — mon cœur me le dit, — ne sois pas abattue;
» Nous fêterons bientôt ma mise en liberté! »

. . . .

Et quelques jours plus tard il était déporté!

. . . .

1872

—

Premier janvier, salut! Salut, nouvelle année!
Accueillons donc gaîment la première journée.
Amis, chantons janvier! Ah! d'abord comptons-nous!
Que de vides! Combien manquent au rendez-vous!
Les rangs sont éclaircis! Des morts quel est le nombre?
De la fête cessez d'ironiques apprêts!
Jeunes gens et vieillards, combien dorment à l'ombre
Du saule et du cyprès!

Combien aussi sont morts fauchés par la mitraille,
Et combien sont restés sur les champs de bataille,
Au milieu des affûts brisés de nos canons!
Oh! combien sont tombés dont on ne sait les noms,
Dont les mères iront, par les champs et les villes,
Chercher le froid cadavre ou le corps en lambeaux,
Et l'iront, implorant les Allemands serviles,
Disputer aux corbeaux!

Oh! va-t'en, odieux mil huit cent soixante-onze!
Tu naquis au milieu des grondements du bronze,
Et l'espérance encore illuminait ton front;
Mais tu nous réservais le plus sanglant affront.
Nous avions confiance en ta naissante aurore,
Et tu nous as donné de nouvelles douleurs.
Va-t'en! Va-t'en! Va-t'en! Je te maudis encore,
Tu nous fis verser trop de pleurs!

Paris avec gaîté supportait sa souffrance,
Et croyait que, vainqueur, il sauverait la France.
Le soldat citoyen allait au bastion
Et, songeant au logis, montait sa faction
Il avait dans le cœur ce qui fait la victoire;
Mais, hélas! ses remparts furent son horizon.
De vaincre les Prussiens Paris n'eut pas la gloire...
Mais il fut trois jours leur prison!...

Nous avions vu Sedan, Strasbourg, Metz et tant d'autres.
Leurs soldats n'étaient plus!... il nous restait les nôtres,
Et ceux-là!... mais leurs chefs les menaient au combat,
Sachant trop qu'il aurait un fatal résultat!...
Vous voyiez, dites-vous, de loin notre défaite,
Et vous n'avez pas eu pitié de ces héros
Qui couraient aux dangers, joyeux comme à la fête,
S'offrir à leurs bourreaux!

Et ce pauvre Paris croyait à la victoire !...
Passons !... C'est une page affreuse de l'histoire,
Qui devra profiter aux autres nations,
Et que n'oublîront pas les générations,

. . . .

Une nouvelle émeute a levé dans la ville,
Au canon du fusil du peuple révolté,
Le drapeau teint de sang de la guerre civile,
En criant : « Liberté ! »

Fermons les yeux ! — Paris est au milieu des flammes,
Et l'on voit dans la nuit, — ce ne sont plus des femmes, —
Des êtres qu'on croirait des spectres véhéments,
Voulant incendier ses plus beaux monuments.
Le feu décrit au ciel une rouge auréole,
Aidant dans leurs projets Vandales et Germains,
Et les Prussiens, voyant la flamme qui s'envole,
Au loin battent des mains !

MISÈRE !

Je sais un malheureux qui n'a que son courage
Et ses deux bras,
Qui demande partout, qui cherche de l'ouvrage
Et n'en a pas ;
Je sais un ouvrier qui frappe à chaque porte,
Tremblant, confus,
Demandant du travail à tous, et qui n'emporte
Que des refus.
Puis il rentre le soir, rompu de lassitude,
Mourant de faim,
Et voyant déjà poindre avec inquiétude
Le lendemain.
Le lendemain! — terreur ! — tu le vois, pauvre hère,
Sans qu'il ait lui !
Demain, c'est la douleur ; demain, c'est la misère,
C'est aujourd'hui !
Et savez-vous pourquoi ce malheureux qu'éprouve
L'adversité,
Au lieu d'un bon accueil charitable, ne trouve
Que dureté ?

Quand l'armée, au secours de Paris accourue,
Prit nos maisons,
On ramassa tous ceux qu'on trouva dans la rue,
Pour les prisons.
Et lui fut emporté dans le flot des victimes
De ce moment,
Et souhaita six mois, innocent de tous crimes,
Un jugement.
Puis un jour on lui dit : « Allez, vous êtes libre ! »
Fatale erreur,
Lui laisses-tu de vie une dernière fibre
Intacte au cœur ?
C'est ainsi qu'on renvoie un homme qu'on accuse,
Sans un regret.
Allez, allez ! — C'est tout ! — Et pas un mot d'excuse
Qu'on lui devrait.
Il n'a plus rien depuis qu'on est venu lui prendre
Sa liberté,
Et sa seule richesse, on ne peut la lui rendre :
C'est la santé.
L'infortuné rêva se remettre à l'ouvrage...
Vœux superflus !
Ses bras ont refusé de servir son courage,
Et ne vont plus.
Et puis on le repousse et le monde lui jette
Sans cesse au front,
Un mot terrible et faux qu'on lui lance à la tête
Comme un affront.

Pendant le temps qu'il dut étouffer sa colère
A ses gardiens,
Un homme, un ouvrier, partagea son salaire
Avec les siens,
Et, le voyant un jour revenir tête basse :
« Tiens, — il lui dit, —
» Vieux, donne-moi ta main, je veux mettre à la masse ;
» C'est samedi.
» Puisque tu n'as pu faire ouvrir aucune porte
» Et qu'il est tard,
» Tiens, j'ai cinquante francs, en voilà trente,... emporte,
» Ça, c'est ta part ! »

LE FRANC-TIREUR

—

C'était un franc-tireur aux traits mâles et graves;
L'âme d'un vieux soldat dans un cœur de vingt ans.
Son visage indiquait le courage des braves.
Le plus jeune, il montrait la route aux combattants.

On penserait qu'il dort sur la neige; sa bouche
Est bleuie au contact du souffle de la mort;
Sa main froide retient encore la cartouche
Qu'il n'aura pu tirer dans un suprême effort.

Le front percé d'un trou de balle imperceptible,
Il gît, inanimé, sans sépulture, seul,
Glorieux ignoré d'une guerre terrible,
Et la neige en tombant le couvre d'un linceul.

Il lui reste un ami de qui la chaude haleine
Ecarte de son front les flocons entassés.
Tous deux, l'homme et le chien, font tache dans la plaine
Où tantôt, en courant, tant d'hommes sont passés.

L'animal, étonné du silence du maître,
Pousse en tristes appels de longs gémissements,
Et le quitte un instant pour bientôt se remettre
A son poste, où l'écho seul dit ses aboiements.

L'écho ! c'est notre monde à nous, ce sont les hommes
Durs, froids, indifférents, égoïstes toujours,
Qui ne veulent savoir la misère où nous sommes
Que pour la répéter sans lui porter secours.

Comme un globe de feu suspendu dans l'espace,
Disparaît le soleil à l'horizon brumeux,
Et, présage de deuil, dans l'air passe et repasse
Un vol lourd de corbeaux craintifs et soupçonneux.

Bientôt, s'enhardissant, ils vont rasant la terre,
Mais le chien vigilant, tournant autour du mort,
Monte sans s'arrêter sa garde volontaire,
Et, hurlant au premier qui s'approche, le mord !

Alors prend dans les airs une ronde infernale !....
Les corbeaux croassant décrivent dans leur vol
Un cercle impétueux dont la ligne fatale
Va se rétrécissant en approchant du sol.

Ce fut un tourbillon bruyant, terrible et sombre,
De moments en moments de plus en plus étroit.
La terre lentement se couvrait déjà d'ombre
Et la lune jetait un reflet pâle et froid.

C'était presque la nuit ; l'heure où dans les ténèbres,
Quand la clarté du jour ne gêne plus leurs yeux,
Viennent à leur butin les animaux funèbres
Dont la lune est complice à la voûte des cieux.

Le pauvre chien s'agite et, hurlant, plein de fièvre,
S'épuise à protéger le cadavre glacé ;
Aboyant avec rage, et l'écume à la lèvre,
Il butte, se relève, et tombe harassé.

Ses forces ont trahi son ardeur, il s'arrête
Et songe à conserver son poste de combat.
De sa dent furieuse il leur brise la tête,
Et s'anime à l'aspect des oiseaux qu'il abat.

Subitement, l'un d'eux, s'élançant sur sa tête,
Fait, pour le terrasser, des efforts violents,
Et des coups de son bec frappant la pauvre bête,
Arrache ses deux yeux des orbites sanglants.

Un cri traversa l'air, comme une voix humaine,
Comme un gémissement, où s'exhale à la fois
Un éclat de douleur avec un cri de haine,
Et comme un lourd sanglot étranglé dans la voix !

Le chien pleura ! non pas des pleurs, mais une gamme
De ces longs hurlements qui sont presque des mots ;
Qui dans l'obscurité pénètrent jusqu'à l'âme,
Font penser à la mort et donnent froid aux os !

Aveugle, il se dressa, reniflant l'air, avide
De sentir sa vengeance, et, rendu plus ardent,
S'élançant au hasard, tournait, mordant le vide,
Sans saisir ses bourreaux échappant à sa dent.

Mais sa voix n'est bientôt qu'un râle d'impuissance.
Le vaillant défenseur ne pouvant plus courir,
Epuisé de douleur, vaincu par la souffrance,
Tombe auprès de son maître et finit de mourir.

Dès lors ce fut l'instant de la sanglante orgie,
Et quand vint le soleil le lendemain matin,
La place était déserte et la terre rougie
Des restes décharnés de l'horrible festin !

. . . .

Aux tristes soirs d'hiver, quand le vent sous la porte
S'engouffre, en produisant comme des sifflements ;
Quand mille petits riens que la rafale apporte
Font crépiter la vitre avec ses ferrements ;

Quand passe le vieux prêtre agitant sa sonnette,
Portant le viatique à quelque moribond,
On cesse la lecture ou bien la chansonnette,
Et, triste au fond du cœur, on s'agenouille en rond.

Eh bien ! — Voyez là-bas ce filet de fumée,
C'est là qu'est la chaumière où l'on attend l'enfant.
Hélas ! par la distance à tous les bruits fermée,
Elle ignore l'appel du chien qui le défend.

Puis, longtemps, dans des mois, quand la paix sera faite,
La mère chaque jour scrutera l'horizon ;
Mais ce fils pour lequel on prépare une fête,
Ne repassera plus le seuil de la maison.

L'espoir s'envolera de la pauvre demeure,
Quand on aura partout et vainement cherché,
Et nul ne pourra même à la mère qui pleure
Dire le coin de terre où son fils est couché !

LA REVANCHE

—

France, tu n'es pas morte encore,
Et tes ennemis qui fuiront
Devant ton drapeau tricolore,
Bientôt peut-être l'apprendront!
C'est le tour de la jeune armée,
C'est pour elle qu'est le succès;
On verra l'Europe alarmée
Faire des vœux pour les Français.

Vous ne tuerez pas la mémoire;
Vous aujourd'hui, c'est nous demain;
Pas plus que vous ne pourrez boire
La récolte de l'an prochain!...

Et la vieille horde vandale
Sera chassée avec des cris
De ce sol où, faisant scandale,
Elle nous traite avec mépris.
Pour célébrer ses funérailles,
France, on verra de tes sillons,
De tes valeureuses entrailles,
Surgir de nouveaux bataillons!

Vous ne tuerez pas la mémoire;
Vous aujourd'hui, c'est nous demain;
Pas plus que vous ne pourrez boire
La récolte de l'an prochain!...

Germains, vous ne pourrez détruire,
Sous vos coups de canon vainqueurs,
L'édifice, lent à construire,
Dont la base est dans tous les cœurs;
Car c'est une pieuse haine
Qui pour l'Allemagne nous tient;
Pour une revanche certaine,
Qui nous anime et nous soutient!

Vous ne tuerez pas la mémoire;
Vous aujourd'hui, c'est nous demain;
Pas plus que vous ne pourrez boire
La récolte de l'an prochain!...

A ROUEN

Rouen, j'ai vu tes quais avec leurs grands vaisseaux;
Rouen, j'ai visité tes églises gothiques;
J'ai longtemps contemplé les splendides arceaux,
Couronnement fameux des églises antiques;
J'ai pu voir quelques gens priant dévotement,
Baissant leur tête grise, à genoux près des grilles,
Admirer les vitraux de chaque monument;
Mais.... où sont donc tes belles filles ?

Rouen, j'ai respiré dans tes nouveaux jardins,
Et mon regard a pu, du haut de tes falaises,
De la Seine embrasser les bizarres dessins,
Et glisser sur les toits des maisons rouennaises.
Mon œil a pénétré, curieux, sous ces toits
Abritant de leur paix d'honorables familles.
Rien! derrière ces murs et ces cloisons de bois....
Mais.... où sont donc tes belles filles ?

A l'exposition, un Courbet par Manet;
Géricault recouvert par l'huile de Couture;
Un pâté d'épinards cachant un Jouvenet;
Réalistes, voilà la nouvelle peinture!

Fillette, où t'en vas-tu si vive, si gaîment?
Fillette qui te tiens fière sur tes chevilles,
Montre-moi ton visage, il doit être charmant ...
Mais,... où sont donc les belles filles?

Rouen, tu m'as montré tes plus grandes beautés;
Ton musée admirable en rares céramiques.
J'ai vu pendant huit jours bien des antiquités,
Bizarres quelquefois et bien souvent comiques.
Quelles sont ces enfants qui rôdent en ce lieu?
Peut-être celles-là sont-elles plus gentilles.
Leur col est long et blanc..... Quel visage, grand Dieu!
Mais où sont donc les belles filles?

De loin c'est quelque chose et de près.... Je me tais,
Bien qu'aux méchancetés ma plume se complaise.
Je craindrais, maintenant, si je me répétais,
De trop déprécier la beauté rouennaise.
Je connais des bourgeois et plusieurs commerçants;
J'ai remué la soie et fouillé les guenilles,
Car dans mes longs chemins j'ai vu bien des passants....
Je n'ai pas vu de belles filles!...

MALÉDICTIONS !

—

La France est un pays ingrat pour les grands hommes.
On adore et l'on brise, et tous, tant que nous sommes,
Sur d'autres, ou sur nous, avons pu l'éprouver.
La France chaque jour s'attache à le prouver.
Soyez soldat! s'il vous suffit d'un jour de gloire,
Vous l'aurez! mais jamais n'abdiquez la victoire;
Car plus on est monté, plus on tombe de haut!
Une fois au sommet l'homme croule! Il le faut;
C'est la loi. — Nul ne peut vivre dans le sublime.
Près du grand, le petit; près du faîte, l'abîme!
Soyez poète! un jour on vous encensera.
La gloire fait la haine, et le mépris naîtra,
Et ceux qui vous auront porté sur leurs épaules
En triomphe, n'auront d'assez lâches paroles
Pour vous salir autant qu'ils vous ont encensé.
Une heure! puis la mort! — Votre temps est passé.

Qu'importe s'il vous faut vous nourrir de l'aumône;
La gloire vous fit grand, la haine vous détrône!
Au pouvoir tous les fronts courbés sous votre main
Seront humbles, soumis, vos esclaves! Demain,
Quand vous serez tombé, tremblez; ils sont à craindre.
Vous étiez l'objectif qu'ils essayaient d'atteindre,
Et vos bienfaits pour eux leur servaient d'échelons.
Vous êtes renversé!... Gardez de leurs talons!
Oh! devancez plutôt l'heure de la retraite.
Ayez une demeure éloignée et secrète,
Ensevelissez-vous dans l'ombre de l'oubli;
L'homme puissant n'est plus quand son astre a pâli.
Qu'es-tu, gloire? Qu'es-tu, multiple renommée?
Une apparence, un faux peut-être, une fumée?
Rien! — Ah! tes favoris ne sont que des sujets
Qu'il te plaît de briser comme on fait des jouets
Qu'on jette dans un coin après une journée!
Ah! trompeuse existence et folle destinée :
Le matin on est tout, et le soir on n'est rien.
Heureux quand en tombant on ne meurt pas; c'est bien!
Ah! malédiction! Servez votre patrie!
Pour prix de vos labeurs ayez la raillerie!
Inventez! inventez! on vous prend pour un fou.
Donnez votre avenir et votre dernier sou,
Votre temps, votre esprit, la moitié de votre être :
Vous aurez pour palais Charenton ou Bicêtre.
Bravo!... N'est-ce pas bien, grande société?
N'est-ce pas affirmer ta générosité,

Et n'as-tu pas rempli les devoirs qui t'incombent
Quand tu fermes les yeux aux gloires qui succombent?
Pourquoi vous agiter, hommes, dans le néant?
Vous n'êtes que des nains luttant contre un géant :
Le Destin! — Le Destin qui vous tient à la chaîne,
Et qui journellement, par ses chiens qu'il déchaîne,
Les veilles, les soucis, la peur du lendemain,
La misère glacée et le manque de pain,
Vous fait mordre aux jarrets et saisir à la gorge.
Pendant qu'on vous étreint, pendant qu'on vous égorge,
Vous songez! Allons donc, hommes, vous êtes fous!
Regardez le Destin qui se moque de vous.
Vous ne pouvez lutter contre votre adversaire;
Vous êtes dans sa main, vous êtes dans sa serre.
Si, pour vous dégager, vous tentez un effort,
La main sur votre col, il serre un peu plus fort,
Et, riant de vos pleurs, ambitieux avide,
Vous secoue et vous tient suspendu dans le vide!
Il en est, — et le nombre, hélas! en est trop grand, —
Qu'on vit lutter, souffrir d'un air indifférent;
Qui, fiers de leur misère, étonnèrent l'envie,
Et tombèrent bientôt au combat de la vie.
L'idée!... Oh! n'ayez pas d'idée; on meurt de faim.
Et l'oubli trop souvent est la plus douce fin.
Epuisez votre esprit, donnez toutes vos veilles,
Feuilletez la science et comptez ses merveilles,
Et quand, le vrai du fond de l'erreur débusqué,
Vous crierez : Eurêka! le vieux marchand du quai

De vos mains recevra chaque matin un livre,
Pour vous donner du pain, à peine de quoi vivre;
Puis un jour, en voyant que vous ne sortez pas,
Les gens de la maison iront avec fracas,
Du grenier qui vous couvre ébranler l'humble porte.
Le bruit de votre mort, comme tant en emporte
Le vent, se répandra; nul ne prendra le deuil,
Et vos derniers bouquins paieront votre cercueil.

A MADEMOISELLE H. D.

—

Loin de l'asphalte et du bitume,
Heureux qui, par le sort gâté,
Peut tous les ans faire coutume
D'aller aux eaux passer l'été.

Jusqu'à présent, je le déplore,
Il a plu malheureusement ;
Mais il est de beaux jours encore,
Et le temps sera plus clément.

Chaque jour parcourant la plage,
Vous allez, sur le sable fin,
Déployer l'escadron volage
Pour l'exercice du matin.

Puis au signal du capitaine,
L'essaim s'élance dans le flot,
Jusqu'à la limite certaine,
Et la retraite vient trop tôt.

Allons, encore une brassée,
Un grand effort qu'on peut oser !
Encore une vague passée !
Encore un flot qu'on veut briser !

L'algue s'enroule et l'eau ruisselle,
A peu près comme au temps jadis
Advint à gente demoiselle,
La Vérité, sortant du puits.

Après, grimper sur la falaise,
S'écarter loin de la maison,
Et, fatigué, n'avoir pour chaise
Qu'un moelleux tapis de gazon.

Puis venir, un jour de tempête,
Admirer l'œuvre surhumain,
L'éclair en zigzags sur la tête,
Le tonnerre dans le lointain,

Et, se croyant seul en ce monde,
Voir les flots monter jusqu'aux cieux ;
Écouter la foudre qui gronde
Les éléments luttant entre eux !

Spectacle immense ! horreur sublime !
Je voudrais, pour mieux l'observer,
Être sur la plus haute cime
Que l'esprit humain peut rêver !

Je m'aperçois que je m'égare ;
Je vais descendre des hauteurs,
Et m'abattre, sans crier gare,
Après mes tours et mes lenteurs.

Ah ! je sens déjà que je glisse !
Je veux pourtant me redresser ;
Car il faut bien que je finisse
Par où j'aurais dû commencer.

Pardonnez-moi si je dispose
De quelques-uns de vos moments ;
Souffrez qu'à vos pieds je dépose
Mes souhaits et mes compliments.

L'ACCROCHE-CŒUR

Pourquoi ce tremblement nerveux?
De la fièvre est-il le présage?
Brune, pourquoi tes longs cheveux
Sont-ils collés sur ton visage?
Regarde, — si tu peux te voir, —
Les pleurs vont effacer tes charmes.
Regarde-toi dans ton miroir.
Quelle est la cause de tes larmes?

Est-ce l'avenir incertain?
Est-ce le soleil qui se lève,
Qui te tourmente ce matin?
Brune, as-tu fait un mauvais rêve?
As-tu donc vu ton idéal
Sous le costume des gens d'armes,
Ou celui d'un pékin banal?
Est-ce la cause de tes larmes?

As-tu dansé toute la nuit?
Tes yeux sont rougis par la fièvre.
A ta beauté la pâleur nuit;
La pâleur messied à ta lèvre.

Ta couturière a donc manqué,
— C'est une excuse à tes alarmes, —
Un costume très compliqué?
Est-ce la cause de tes larmes?

J'entends quelques soupirs tremblants.
Comptes-tu sur tes doigts les heures,
Ou comptes-tu tes cheveux blancs?
Brune, dis-moi pourquoi tu pleures.
C'est la faute de ton coiffeur;
Il te manque une de tes armes,
Il te manque un accroche-cœur!
Voilà la cause de tes larmes.

APRÈS UNE SOIRÉE INTIME

—

Une nouvelle fleur dans un bouquet magique,
Et je cours admirer cette nouvelle fleur!
Est-ce une belle rose au parfum magnétique,
Et qui fait tout pâlir auprès de sa couleur?

Est-ce la violette humble, simple et craintive?
Est-ce la marguerite interprète du sort?
Est-ce encor la pudique et tendre sensitive,
Ou la triste pervenche, ou la fleur de la mort?

Est-ce la vigne vierge et sa graine inutile?
Est-ce l'héliotrope, ou bien le dahlia;
Ou le myosotis à poussière fertile;
Ou la large pensée ou le camélia?

Non! Je veux lui ravir son factice prestige,
Et de son piédestal d'un mot la mettre à bas:
Cette nouvelle fleur est.... une forte tige
Qu'un homme aurait grand'peine à tenir dans ses bras!

LE BAISER

M'as-tu pas promis un baiser,
Mignonne ? Je suis las d'attendre.
Pourquoi veux-tu thésauriser ?
Maintenant je vais te le prendre.

« Un seul ! » Un seul, oui, c'est promis ;
Mais cela pourtant me désole.
« Je pardonnerais tout, hormis...
Hormis un manque de parole. »

Approche, approche à mon accent.
Ta pudeur bien trop s'effarouche
D'un petit baiser innocent
Que je veux cueillir sur ta bouche.

Approche, puis ferme les yeux
Pour alléger ta conscience.
« Un, c'était bien ! c'est trop de deux !
Vous abusez ma confiance. »

Tu m'avais promis un baiser ;
Que veux-tu ? j'étais las d'attendre.
Puisque tu veux thésauriser,
Mignonne, je vais te le rendre.

RITOURNELLE

Elle a les cheveux blonds d'Hélène;
Ses yeux ont un reflet d'azur....
Non! non! Je préfère ma reine,
Ses cheveux noirs et son œil dur!

Comme une simple violette;
Elle ose à peine se montrer....
J'aime mieux son front qui reflète
Le soin de se faire admirer!

Comme une tendre sensitive,
Elle tremble au souffle du vent....
J'aime ma belle moins craintive
Qui me fait obéir souvent!

Vous la verrez toujours sourire
En se courbant sous vos arrêts....
J'aime ma belle qui sait dire:
« Je veux! » plus fort que « Je voudrais. »

Son front devient rouge écarlate
Au mot dit avec un détour.....
J'aime ma belle qui dilate
Son cœur au souffle de l'amour!

UNE PÉNITENCE

A moi Boileau, Musset, Corneille, Lamartine!
A moi, poète, à moi, rimailleur de métier!
Il me faut dans une heure une longue tartine
Capable de couvrir trois pages de papier.

Parbleu! vous me semblez faire la sourde oreille.
N'aurais-je pas crié cependant assez fort?
A moi Boileau, Musset, Lamartine, Corneille!
Hélas! ils dorment tous du sommeil de la mort.

O mon ami Boileau, tu sais que tes satires
Me font toujours passer d'agréables moments.
O mon ami Musset, qui de moi te retires,
Dis-moi ta passion et ses emportements.

Corneille, prends ma plume, écris de grandes choses,
Et si tu n'oses pas, moi, je les signerai.
Toi, Lamartine, toi qui butinais des roses,
Prends ton luth si plaintif, je t'accompagnerai.

Mais non! Les morts sont morts; quant aux vivants, je doute
Qu'ils me laissent jamais leur prendre quelques vers.
Ils me diront plutôt, en me barrant la route :
« La ligne est à cinq sous et les vivres sont chers. »

J'ai pris quelques grands noms au hasard de ma plume.
De la couronne d'or détachons un fleuron :
Hugo le rocailleux, prête-moi ton enclume,
Passe-moi ton marteau; je serai forgeron.

Enfin, cela m'a l'air de couler d'abondance.
Avec ton aide, avec ton bras, le but est sûr.
O Dieu! je me fatigue et je frappe en cadence,
Et cela fait un son bien bizarre et bien dur.

Enfin Malherbe vient et... mais que vient-il faire?
Donner le dernier coup à ma muse aux abois?
Rentre dans le tombeau, tu n'es pas mon affaire;
J'aime toute licence, et tu dictes des lois.

Molière, André Chénier, Gilbert et Malfilâtre,
Vous ne m'inspireriez que de tristes accents.
La mort à l'échafaud, l'hôpital, le théâtre,
C'est un pauvre sujet à redire aux passants.

Ah! ces noms m'ont donné de la tristesse à l'âme,
Et mon encre paraît blanchie avec des pleurs.
Est-elle sympathique et peut-elle sans blâme
Peindre tous les sujets sous toutes les couleurs?

Personne ne nous aide; essayons notre force :
Le meilleur professeur est la nécessité.
Çiel! dès le premier pas je me donne une entorse.
Enfin de mon devoir je me suis acquitté.

A MA SŒUR

Il me faudrait des mots plus doux qu'il n'en existe,
Pour dire ta bonté, chère petite sœur.
Dès qu'on te voit, on t'aime, et nul cœur ne résiste
Au charme pénétrant qu'inspire ta douceur.
Ta jeunesse se passe au foyer de famille
En des soins maternels qui renaissent toujours,
Et, reflétant ton cœur, ton front modeste brille,
    Seul soleil de nos tristes jours!

Est-il tant de revers à la même médaille?
La route de la vie est abrupte et sans fleurs,
Et faut-il donc encor que l'homme qui travaille
A la sueur du front mêle le sel des pleurs?
Mais ne regardons plus maintenant en arrière;
Le destin a changé, le malheur se dédit.
L'infortune est vaincue avec une prière,
    Car ta prière a du crédit.

Oh! laissons du passé l'acharnement funeste.
Essayons, s'il se peut, d'en perdre souvenir,
Et contre le passé que l'avenir proteste;
J'ai foi! — pourtant l'aurore est bien lente à venir.
Nous l'avons vue enfin luire, timide encore,
Voilée, et s'abritant d'un nuage incertain;
Mais ce n'en est pas moins, messagère, l'aurore,
    Et l'aurore d'un beau matin!

Qu'aujourd'hui soit un jour de joie et d'allégresse!
La catholicité n'a point trop de splendeurs,
L'église trop de place, où la foule se presse,
Le prêtre trop d'hostie et l'autel trop de fleurs.
La mère du Seigneur, ta divine patronne,
Voit monter vers le ciel un nuage d'encens
Qui porte la prière à son glorieux trône,
    En ardents et pieux accents.

Tu dois déjà savoir ce que je te souhaite.
Que peut-on souhaiter à fille de vingt ans?
Des bijoux? la fortune? une beauté parfaite?
Le bonheur éternel? mais d'abord, tu m'entends!
Il, — je n'ai pas dit qui! — le souhait que je forme
S'affublera d'un corps, d'une âme, et le sujet
Pour plaire à l'attribut doit avoir une forme
    Particulière à son objet.

Voilà ! c'est mon souhait; puis un jour s'il te semble
Voir en un autre cœur ta grâce et ta bonté;
Si tu peux découvrir quelqu'un qui te ressemble,
Qui possède tes traits, ta candeur, ta beauté;
Si, charitable, elle a ta charité que j'aime;
Si, pieux ange, elle a ta pieuse ferveur,
Et si par ses vertus c'est une autre toi-même,
Je te la donnerai pour sœur.

15 août.

SAINT-VALERY

Saint-Valery, petit pays, charmante plage
Qui roules des galets dont on ne sait pas l'âge,
Conserve encor longtemps dans ta simplicité,
Le calme et frais aspect de la tranquillité !
Oh ! que les soirs sont beaux quand le flot vient sans trêve
Envahir, délaisser et reprendre la grève ;
Quand, les yeux s'égarant aux ombres de la nuit,
L'âme ne perçoit plus que l'harmonieux bruit
De la vague expirant au pied de la falaise.
Comme l'esprit se sent plus dispos et plus aise,
Et se prend à rêver, calme, silencieux,
Devant l'immensité, sous l'infini des cieux !
Cependant que la mer monte et brise en cadence,
Arrivent jusqu'ici les échos de la danse

Qui, fondant tout murmure avec leurs ondes d'or,
Bercent de leur concert la nature qui dort.
Puis un rayon de lune oblique se projette,
Et fait des ricochets comme un caillou qu'on jette.
Pourtant dans certains jours terribles que l'on dit,
Ce grand miroir du ciel devient sombre et maudit.
Quand sous l'effort du vent le flot gonfle et retombe,
Trop souvent aux pêcheurs il a servi de tombe.
Alors le temps est noir, l'air plus rare et plus lourd ;
La falaise gémit d'un bruit lugubre et sourd,
Et les vagues s'en vont, folles, échevelées,
Semer sur la jetée, en leurs grappes perlées,
La mousse de leur crête et de leurs tourbillons.
L'orage dans la mer trace de longs sillons,
Et l'écume paraît des dauphins gigantesques
Qui vont s'escaladant avec des bonds grotesques,
Et, s'élançant du large, arrivent irrités
Abîmer sur le sol leur cheveux argentés.
Mais que le ciel soit pur ! et les barques de pêche
Iront au loin chercher, par une brise fraîche,
L'hôte d'une autre mer sur des bords étrangers.
Le bateau part. — Déjà, prévoyant les dangers,
Les pêcheurs, — gens pieux, — en forme de prière,
Font le signe de croix en passant au Calvaire.
Plus d'un verse des pleurs en leur disant adieu,
Et le bateau s'éloigne à la garde de Dieu.
De longs jours, de longs mois s'écouleront peut-être,
Puis l'aurore viendra qui le verra paraître.

La voile émergera blanche à l'horizon gris,
Et le soir au milieu de la joie et des cris,
Nous hâlerons au port, balançant sur sa quille,
Ce monde, ce bateau, ce bac, cette coquille !
Hélas ! combien aussi dont les noms sont connus,
Qui, partis pleins d'espoir, ne sont pas revenus !
Que d'enfants orphelins et que de femmes veuves
Pour croire à leur malheur veulent encor des preuves,
Et dont le cœur attend pour attendre toujours,
Car les jours vainement succèderont aux jours !
Petit Saint-Valery, j'aime tes promenades ;
Tes falaises formant de vastes esplanades,
Superbe entablement d'espaces découverts,
D'où l'œil peut embrasser l'horizon des flots verts.
Et cet échancrement où la ville est blottie !
Et l'église un peu loin et dans un creux bâtie !
Et ce grand bois ombreux et ces jardins en fleurs,
S'irisant au soleil de ses mille couleurs !
Mais ce coquet abri n'a-t-il pas sa légende ?
On dit, bien qu'aujourd'hui le peuple s'en défende,
Que jadis les pêcheurs adoraient un ruisseau.
Saint-Valery brisa l'idole et tarit l'eau,
Et, dès lors, le pays, pour garder sa mémoire,
Grava le nom du saint au front de son histoire.
C'étaient d'abord, groupés, de pauvres cabanons,
Où vivaient rudement de rudes compagnons,
Pêchant l'été, pêchant l'hiver par les tempêtes,
Et ne sanctifiant pas d'autres jours de fêtes

Que ceux où le bateau, réchappé de la mort,
Rentrait sans avarie et chargé jusqu'au bord.
Le groupe s'agrandit pour devenir village;
La barque n'alla plus échouer sur la plage,
Mais eut un petit port à l'abri des autans.
Aussi Saint-Valery fut-il en quelque temps
La ville à qui chacun, la saison terminée,
Dit gaîment: « Au revoir. — A la prochaine année ! »

LES ROSES

Naguère, au réveil de l'aurore,
Dans votre corolle qui luit,
Vous aviez, belle rose, encore
Une des larmes de la nuit.

Vous étiez fière, sur la tige
Qui vous balançait mollement,
Mais il n'est si charmant prestige
Qu'on ne détruise en un moment,

Et, par une main inhumaine,
Arrachée à votre rameau,
Comme une victime qu'on mène,
Vous maudirez votre bourreau.

Rose, vous irez, par la ville,
Orner un front marqué du temps.
Rose, la créature vile
Vous enviera votre printemps,

Et nous verrons votre innocence,
Simple emblème violenté,
Prêter au vice qu'on encense
Un reflet de votre beauté.

Oh! puissiez-vous au front qui brille
D'une auréole de pudeur,
Joindre, pour une jeune fille,
A ses attraits votre fraîcheur!

Que je plains votre destinée!
Malheureuse fleur de jardin,
Par qui sera tantôt ornée
La boutonnière d'un gandin?

A peine vivrez-vous une heure,
Que bientôt, jetée au rebut,
Vous direz : « Il faut que je meure,
Sans un souvenir et sans but! »

Ou, pareille à l'esclave antique
Qui ne trouve pas d'amateur,
Vous resterez dans la boutique,
Livrée au premier acheteur;

Ou, sur le rang de l'étalage
Que poussent devant eux des gens,
Vous perdrez votre attrait sauvage,
Même pour les moins exigeants;

Et, sans parfum comme sans charmes,
On vous négligera. — Sinon,
N'obtenant pas même des larmes,
N'ayant des roses que le nom,

Vous irez, pauvre fleur tuée,
A peine au sortir du berceau,
Pareille à la prostituée,
Périr le soir dans le ruisseau.

Ah! méchants, qui cueillez des roses
Pour les porter aux citadins,
Pensez-vous qu'elles soient écloses
Pour mourir loin de leurs jardins?

Pourquoi les traîner par les rues,
Répandre leur parfum si doux?
Elles sont sitôt disparues
Quand on les approche de nous!

Hélas! le soleil de la plaine
Est brutal pour leur chasteté;
Mais encor plus leur tendre haleine
S'empoisonne à l'air empesté.

Laissez-les aux enclos paisibles,
Auprès des bosquets embaumés,
Et, loin de nos ardeurs nuisibles,
Aux endroits par elle charmés.

JOUR DE FÊTE

C'est jour de joie et de fête;
  C'est un heureux temps.
Avec bonheur je répète
Vingt fois ce que je souhaite
  A vos dix-sept ans.

Cela n'est pas nécessaire,
  Et pourtant je veux
Faire à votre anniversaire
L'hommage le plus sincère
  De mes meilleurs vœux.

Je voudrais... Dites vous-même
  Ce que vous aimez;
Avec un plaisir extrême,
Pour ce que votre cœur aime,
  Mes vœux sont formés.

Je cherchais des mots sans tache,
  Un style achevé.
Je me suis mis à l'attache
Et n'ai pu remplir ma tâche;
  Je n'ai pas trouvé.

Au moment de perdre haleine,
  Je me suis dédit,
Et pour consoler ma peine :
« La rime me tient en haine, »
  Me suis-je alors dit.

S'il faut fraîcheur et jeunesse,
  J'ai de bien vieux mots;
Il faut que je reconnaisse
Mon insigne maladresse
  A ces gais propos.

Si ma phrase est mal choisie,
  Riez à l'envi;
Je n'ai pas de jalousie.
Mais au moins ma poésie
  N'a jamais servi.

Ne blâmez pas la pensée,
  Mais l'expression.
Si votre oreille est blessée,
Que votre âme soit fixée
  Sur l'intention.

Votre vie est à l'aurore
Des quatre saisons,
Et le soleil fait éclore,
Au printemps, le cœur encore
Tout plein de chansons.

Si vous prêtez confiance
Aux souhaits zélés,
Gardez la ferme assurance
De longs jours par l'espérance
Tout ensoleillés;

Car votre âge est la parure
Que d'autres n'ont plus,
Et qui font triste figure
Quand on leur dresse facture
Des jours révolus.

Les dames n'ont le courage,
Rare de tout temps,
De nous avouer leur âge
Que s'il se peut, sans outrage,
Compter par printemps.

L'hiver, — c'est un sacrilège
De le demander;
Vienne seulement la neige,
On fait le petit manège
De rétrograder.

Parez-vous de vos années,
  Que d'autres suivront
Nombreuses et fortunées,
Comme d'autant de fleurs nées
  Pour ceindre un beau front.

La nature entière aspire
Au frais Renouveau;
Mais pour vous, j'aime le dire,
Est-il besoin qu'on désire
  Un Avril nouveau?

Le printemps, qui donne aux roses
  Un parfum plus doux,
Et qui fait subir aux choses
D'aimables métamorphoses,
  Peut-il rien pour vous?

C'est jour de joie et de fête;
  C'est un heureux temps.
Avec bonheur je répète
Vingt fois ce que je souhaite
  A vos dix-sept ans.

FLOURETTE DE ROY

Onc n'ai vu gente damoiselle
De haute lignée et maison,
Autant joliette qu'icelle
Courant le prez de vert gazon !

M'approchay ; — mais orgueillousette
Dit : « A donc, est-ce vous que j'oi ? »
Et partit cueillir la flourette,
Moult riant au détour de moy.

Si pouvais amollir son âme,
Et donner cesse à mon tourment !....
« Bien affiert, par la Notre-Dame,
» A grand cœur être plus clément ! »

M'approchay ; — mais orgueillousette
Dit : « A donc, est-ce vous que j'oi ? »
Et partit cueillir la flourette,
Moult riant au détour de moy.

Je cuiday ma doucette amie
Bellement ne voir ma doulour.....
« Grand mercy, belle, ne veux mie
» Ainz mourir d'un aygret amour ! »

M'en allay..... mais orgueillousette
Dit : « A donc, est-ce vous que j'oi ?
» Cy venez cueillir la flourette..... »
Et cueillis flourette de roy !...

REPROCHE INJUSTE

—

« Vous n'en auriez pas fait autant ! »
— Cette parole
Vaut un reproche amer qui brise et qui désole !
De quelle grande faute est-ce le châtiment ?
Vous n'aurez pas voulu me frapper rudement,
Et vous m'avez meurtri pourtant au fond de l'âme,
Et je vous ai paru lâche, peut-être infâme,
Croyant que je blâmais le culte des héros !
Vous n'avez point pesé la cruauté des mots,
Et je les ai reçus, là, comme une blessure,
Comme un défi d'honneur, comme une flétrissure.
Oubliez-les bientôt, vous auriez des remords.
Sachez-le, comme vous j'ai le respect des morts,
Et je ne compte pas avec indifférence
Tous ceux qui sont tombés en défendant la France,
Glorieux, ou vaincus grandis par l'insuccès,
Etrangers que le sang a baptisés Français,

Et Français qui sont morts en vengeant leur patrie.
Vous avez cru saisir un mot de raillerie,
Et j'ai dû, d'après vous, trouver qu'il était beau
D'oublier un martyr dans un récent tombeau !
Pourtant rien de cela n'entra dans ma pensée,
Et quand je me suis tu, triste, l'âme blessée
De voir qu'on me faisait rire sur un cercueil,
Mon silence sembla n'être que de l'orgueil.
Hélas ! à tel soupçon est-il une réponse ?
Je devrais me défendre, accablez, j'y renonce.
Torturez ma pensée ; elle est à l'abandon.
Vous m'avez mal jugé, c'est ma faute. — Pardon,

LES DEUX PERDREAUX

—

Deux perdreaux, sur commande,
Avaient pris,
Du fond de leur plaine normande,
Le chemin de Paris,
Abandonnant la compagnie
Au milieu de laquelle ils avaient vu le jour,
Et quittant la terre bénie,
Hélas! sans espoir de retour.
Au lieu de faire ce voyage
Tout simplement par le chemin de fer,
De leurs cœurs de perdreaux connaissant le courage,
Ils voulurent aller par mer.
Au paquebot de Caen, ils avaient pris passage,
Lorsqu'au bout d'un instant le bateau s'ensabla.
Les gens du cru savent cela;
Et, pour vous consoler, le matelot déclare
Que cet accident n'est ni dangereux ni rare:

On retourne et l'on rentre au port,
Où nos deux camarades,
Sans être aucunement malades,
Faillirent, pour passer, payer leur double port.
Mais cette fois-ci la finesse
Du gabelou normand
Fut mise en défaut par un coup d'adresse :
Vous saurez bientôt comment.
— Donc, la partie étant remise,
On couche à l'hôtel et l'on court,
Au point du jour,
Au bateau balancé par une molle brise.
— On part et du Havre on foule le sol,
Nouveau gabelou, nouveau petit vol.
Enfin, pour abréger, disons que, sans dommage,
A l'octroi de Paris ils entraient bravement,
Sans payer naturellement,
Après six longs jours de voyage.
Or, après ce temps-là vraiment,
Il leur fallait un bon tempérament
Pour ne pas tourner en... je n'ose
Vous dire tout crûment la chose.
Enfin, tués du vendredi,
Vous saurez qu'ils avaient fait toute
La route
Dans un peu de papier, jusqu'à l'après-midi
Du jeudi.

Leur santé ne reçut l'atteinte
D'aucun accident;
Et cependant
La main qui les portait concevant une crainte
Sur leur conservation,
Les déposa de suite; avec précaution,
Sans m'en parler, chez un ami qui, fort aimable,
Les fit en notre honneur paraître sur sa table
Le lendemain.
Mais ici s'embrouille l'affaire,
Car, ayant annoncé qu'ils étaient en chemin,
J'avais cru bien faire
De les promettre, et ma foi,
Comme j'avais affaire à des gens susceptibles
Et que, d'ailleurs, il en est à Paris....
— Des perdreaux — à tout prix,
J'en chassai deux chez un marchand de comestibles;
Et, tout en les mangeant, le maître de maison,
Sans trouver leur chair par trop tendre,
Disait avec raison :
« Je n'aurais jamais cru qu'ils pussent tant attendre! »

PARLEZ-MOI!

Ces affronts-là vous font l'effet d'une morsure!
Mais, voyez, je ne suis encor qu'un écolier!
Ce sont de ces soufflets qu'on ne peut oublier,
Et le temps seul pourra guérir cette blessure.

Oui! vous avez raison peut-être! — Jusqu'ici
Je trouvais que la peine était à venir lente;
Mais la fortune adverse est venue, insolente,
Et j'ai bien mérité mon châtiment! — merci.

D'abord à mon oreille ai-je crié : mensonge!
Les mots que j'entendais me semblaient si cruels.
Et quand j'eus reconnu qu'ils étaient trop réels,
J'ai cru que je sortais des nuages d'un songe.

Puis, comme le soleil perçant la pluie aux cieux,
Mon visage et mon cœur voulant se contredire,
Des larmes dans la voix, je me suis mis à rire,
Pour empêcher les pleurs de monter à mes yeux.

Et lorsque mon esprit, de raison trop avide,
Eut retrouvé le calme avec la volonté,
C'était comme le cœur que l'on m'aurait ôté,
Et je sentis en moi se faire comme un vide.

Je partis, coudoyant les passants sans les voir,
Traversant les trottoirs, traversant les chaussées,
Seulement occupé de mes pauvres pensées,
Et me persuadant que tout est sans espoir.

J'allais sans me garer des gens et des voitures :
Les aveugles d'esprit ont un guide secret ;
Je me plaignais tout haut, cherchant qui m'entendrait,
Et voyais le présent sous de tristes peintures.

Si vous ne pouvez pas me pardonner, pourquoi
Dois-je en votre regard lire tant de clémence ?
Faites qu'en vous taisant mon supplice commence.
Oh ! non ! C'est insensé ! Parlez-moi ! parlez-moi !!!

JOIE COURTE

Manger, pour l'affamé, n'est-il pas agréable ?
Au mendiant plein de désir,
L'aumône que lui donne une âme charitable,
Ne fait-elle pas grand plaisir ?

Au malade, rêvant une chaude journée,
Qui, croit-il, le devra guérir,
Demande-t-on jamais si la nouvelle année
Ne lui fait pas un grand plaisir ?

Au riche, dira-t-on que l'homme est en ce monde
Pour pleurer sans cesse et gémir ?
Le bonheur qui l'entoure et de clartés l'inonde
Ne lui fait-il pas grand plaisir ?

Quand l'amitié dépense un baume qui console
Le cœur meurtri, las de souffrir,
Un mot, un rien parfois, une bonne parole
Ne fait-elle pas grand plaisir ?

Dit-on : l'affection est un bien éphémère
A celui qui peut en jouir ?
De même, dira-t-on que la vie est amère
A qui vivre fait tant plaisir !

MENSONGE!

Puisqu'elle a menti d'une année,
La pauvre femme, plaignons-la;
Mais comment fut-elle amenée
A me tromper comme cela?
Elle en est bien assez gênée.
Je l'avais déjà pressenti.
Quelle peine elle s'est donnée,
Puisqu'elle a menti!

Elle aimait! — Elle était peureuse
Que son amour fût exposé.
D'abord elle fut trop heureuse,
Ensuite elle n'a plus osé.
J'en ai la preuve douloureuse,
Bien que le coup soit amorti,
Et je la crois plus amoureuse,
Puisqu'elle a menti.

Je la plains. — Le remords la ronge
D'un souci qui ne peut finir,
Et le regret profond lui plonge
Au cœur un amer souvenir.
Quelle douleur! quand elle songe
Que je suis toujours averti,
Et que je croirai tout mensonge,
    Puisqu'elle a menti.

Oh! douter de celle qu'on aime!...
Se dire que la vérité
Pourrait n'être qu'un stratagème
Qu'on aura peut-être inventé...
Et supposer que l'amour même
Sur ses lèvres est travesti!...
Hélas! ce n'est pas un blasphème,
    Puisqu'elle a menti!

L'OMBRE

—

Vous aviez ce matin l'air triste. — Votre lèvre
Était couverte de pâleur ;
Vos yeux cerclés de noir. — On eût dit que la fièvre
Vous avait pris votre fraîcheur.

Pourquoi ce front chagrin, ce visage morose,
Avec un regard aussi doux ?
Oh ! souriez ! Il faut du soleil à la rose !....
Vous songez ? — A quoi songez-vous ?

Oh ! non, ne songez pas ; laissez-vous plutôt vivre,
Le ciel vous conduit par la main.
Ne cherchez pas à lire, au loin, dans le grand livre,
Et ne pensez pas à demain ;

Car si vous l'espériez, demain luirait plus triste ;
Attendez, ne le pressez pas.
Bien souvent le Destin est le meilleur artiste
Pour semer des fleurs sous nos pas.

Laissez faire le ciel ; il sait mieux que vous-même
L'avenir qui vous conviendra.
Comme un de ses enfants, Dieu vous veille et vous aime ;
Mieux que vous, il vous aidera.

Chassez de votre esprit l'inquiète pensée
Qui fait ombre sur votre front ;
Si la petite ligne y demeure tracée
D'autres que moi-même y liront.

Il ne faut pas ! — J'ai soif de votre doux sourire
Comme la fleur de l'aquilon,
Et mon âme l'attend comme, ardente, désire
Rose un baiser de papillon.

LA PENSÉE

—

Timidement dérobée
 A mon œil,
La pensée était tombée
 Sur le seuil.

On la laissait solitaire
 A l'instant,
Quand je l'aperçus à terre
 En partant.

J'allai vers cette petite,
 Dans son coin,
Et la relevai bien vite
 Avec soin.

Puis, l'emportant en cachette
 Dans ma main,
Je la mis dans ma pochette
 En chemin.

Des choses me sont passees
Par l'esprit,
Justes ou bien insensées,
Dont on rit.

Mais je suis devenu triste
Dans le cœur,
De l'abandon égoïste
De la fleur.

Si belle elle était entrée
Au corset,
Et ma maîtresse parée,
La laissait !

Est-ce donc qu'à la retraite,
Que j'aimais,
Nous n'aurons de jours de fête
Plus jamais ?

Est-ce donc que la belle heure
Doit finir ?
Est-ce l'instant où l'on pleure
L'avenir ?

Pauvre fleur, es-tu l'emblème
Désolé
Du temps et de l'espoir même
Envolé ?

SUR UN CAHIER DE PAPIER BLANC

—

Ne pouvant lire ce volume
De papier,
Ni le couvrir avec ma plume
Tout entier,
Au moins à la dernière page,
Suis tenté
De me dire servant et page
De beauté.

ACROSTICHE

—

FERRUCCI c'est Anna, c'est Gilda, Desdémone,
Et la reine d'Hamlet triomphant tour à tour;
Recueillant des bravos de Paris à Lisbonne,
Ramassant des bouquets de Nice à Pétersbourg.
Unie à la vigueur, sa voix si sympathique
Caresse, trouble, émeut par sa suavité;
C'est une Valentine aimable et dramatique,
Idéalisant l'art autant que la beauté.

A MADEMOISELLE FIOCRE

—

Pour courre le cerf dans le bois,
Ou lancer ses chiens dans la plaine,
Fenella retrouve la voix
Et met l'animal, hors d'haleine,
Aux abois.

Le lièvre, en évitant la lutte,
Suit la piste qu'en vain il rompt;
La perdrix tournoie en sa chute,
Et le lapin fait sur le front
La culbute.

Mais pourquoi plus ne chasse-t-on
Avec des oiseaux que l'on dresse?
Je voudrais être, au poing mignon
De Fenella la chasseresse,
Le faucon!

A MADEMOISELLE FONTA

L'art à tout peut prêter des charmes,
Aussi bien en met-on souvent
Dans le sourire ou dans les larmes,
Et dans un désordre savant.

Comme pour composer des fresques,
Il faut de l'art... et cætera,
Pour dessiner des arabesques
Sur le plancher de l'Opéra.

Fonta pourtant n'est satisfaite,
Qu'après avoir aux paysans
Acheté quelque vieille assiette,
Ou des meubles de deux cents ans.

Pour les admirer, je confesse
Que fréquemment on reviendrait;
L'amabilité de l'hôtesse
Peut excuser d'être indiscret.

ON A BEAU RIRE...

—

Pauvre être cher, quand la mort vient
Abréger les longues semaines,
Aucun de nous ne se souvient
De tes souffrances surhumaines.
Elle, se présente toujours
Plus vite qu'on ne le suppose...
On a beau vouloir son secours,
Cela fait encor quelque chose.

Quand on voit celle qu'on aimait
Passer rieuse au bras d'un autre,
C'est avec peine qu'on admet
Que son bonheur ne soit pas nôtre.
A la haine près d'obéir,
Le cœur est las, l'esprit morose...
On a beau même la haïr,
Cela fait encor quelque chose.

L'amour a duré bien des mois;
Il a duré plusieurs années,
Par la campagne et par les bois,
Au soleil des belles journées;
Puis un jour il s'est ralenti,
Il a fermé sa lèvre rose...
On a beau l'avoir pressenti,
Cela fait encor quelque chose.

On s'est bien dit qu'en un regret
On achèverait ce beau rêve,
Mais on pensait qu'on en mourrait,
Car la dernière heure est si brève!
Hélas! ne doit-on pas compter
Qu'un jour tout se métamorphose...
On a beau se le répéter,
Cela fait encor quelque chose.

Illusions, vertu, bonheur,
Tout disparaît, tout fuit, tout passe.
On a beau dire que l'honneur
Est un point trop haut dans l'espace;
On a beau dénigrer partout
Les vieux souvenirs dont on glose...
On a beau rire un peu de tout:
Cela fait encor quelque chose.

I. LE LION

—

Le lion fier, mais non féroce,
Majestueux et nonchalant,
Arpente, d'un pas grave et lent,
La dalle étroite de sa fosse.

A quoi sert-il d'être méchant ?
Faut-il toujours être en colère ?
La solitude doit lui plaire,
Car il paraît calme en marchant.

Aux hommes, il donne l'exemple
D'un philosophe satisfait,
Et, content, il est, en effet,
L'idole, le prêtre et le temple.

Au delà de sa fosse, — rien ! —
Qu'importe qu'on l'aime, ou le craigne.
Puisque l'homme le sert, il règne ;
Il règne à cette heure, — c'est bien !

Et la foule vient grossissante.
Il rit. — L'humanité, c'est lui.
L'éternité, c'est aujourd'hui.
Le néant suit l'heure présente !

II. LA LIONNE

—

Dans une autre fosse à côté,
Bondit et rugit la lionne,
Maudissant l'entrave qu'on donne
A ses désirs de liberté.

L'entrave, c'est la résistance
Du mur bornant deux horizons,
Et séparant les deux prisons
Par une aussi courte distance.

Elle regarde le ciel bleu,
Attendant quelqu'un qui la sauve,
Et lance, de son grand œil fauve,
Des regards, — des regards de feu !

Personne n'a pitié. — Personne
Ne veut comprendre ses ardeurs,
Vains appels et vaines fureurs
Dont sa tombe seule résonne.

A ce tumulte délirant,
Du fond de sa douce retraite,
Prêtant une oreille distraite,
Le lion reste indifférent.

NOEL !

I

Salut ! Noël, toi qui méprises
Les froids brouillards et les nuits grises,
Pour venir aux petits enfants
Faire d'adorables surprises
Qu'ils découvrent tout triomphants !

Quand la prière est terminée,
Le lit abrège la journée,
Et nul n'a garde d'oublier
D'aller près de la cheminée
Déposer son petit soulier.

Je mettais, plein de confiance,
Rassuré par l'expérience,
De même le mien en l'ouvrant,
Et, dévoré d'impatience,
Je disais : « Que n'est-il plus grand ! »

II

La vie est pleine de méprises,
Et ses perspectives sont grises
Trop tôt pour les petits enfants.
L'homme n'a que d'âpres surprises,
Et les méchants sont triomphants.

Nulle tâche n'est terminée,
Quand vient la fin de la journée.....
Hélas ! Je ne puis oublier
Le temps où dans la cheminée
Je mettais mon petit soulier ;

Et lisant, mais sans confiance,
Le livre de l'expérience,
Labeur immense et sans profit,
Regrettant mon impatience,
Je me dis : « Que n'est-il petit ! »

CHANSON

—

Ces siècles de souffrance ont tardé de finir.
On tient par le cœur seul maintenant à la glèbe.
Les leçons du passé préparent l'avenir,
  Et le peuple est plus que la plèbe.
Si les Français d'alors se sont faits citoyens
  Dans des temps de dangers suprêmes,
  Nous aussi, par tous les moyens,
  Pourrons bien nous sauver nous-mêmes!

Travaillons! Renversons tout obstacle énervant.
La science au génie a donné carte blanche.
Traçons-y notre route et marchons de l'avant:
C'est là qu'est le triomphe et là qu'est la revanche!

Jeunes gens, tous soldats, qui formez notre appui;
Vous qui rendrez la gloire à la France meurtrie,
Vous par qui nous vivrons, vous êtes aujourd'hui
  L'espérance de la Patrie.

La Patrie!... A ce nom qui vibre dans nos cœurs,
Plus de discordes, de colères,
Plus de vaincus, ni de vainqueurs,
Et puisque nous sommes tous frères,

Travaillons! Renversons tout obstacle énervant.
La science au génie a donné carte blanche.
Traçons-y notre route et marchons de l'avant:
C'est là qu'est le succès et là qu'est la revanche!

Agitons le flambeau que nous tenons en main,
Non pas comme un brandon qui sème des querelles,
Mais comme un brillant phare éclairant le chemin
Avec des milliers d'étincelles.
Serrons les rangs autour du drapeau raffermi,
L'unique drapeau de la France.
Nous n'avons plus qu'un ennemi:
Cet ennemi, c'est l'ignorance.

Travaillons! Renversons tout obstacle énervant.
La science au génie a donné carte blanche.
Traçons-y notre route et marchons de l'avant:
C'est là qu'est le succès et là qu'est la revanche!

LE PETIT ÉLECTEUR

Légende électorale imitée de l'allemand

Les Échevins de Westphalie
Avaient, pour faire un député,
Une méthode assez jolie
Pleine d'originalité.

Les candidats à barbe blonde
S'assemblaient au jour arrêté,
Tout autour d'une table ronde,
Dressée avec solennité.

Rangés en cercle, sur la table
Ils courbaient leur front tourmenté,
Et de leur barbe respectable
Ils appuyaient l'extrémité.

Sur la table, on place avec pompe,
Enfermé sous pli cacheté,
Dans la crainte qu'on le corrompe,
Un électeur non patenté.

Le doyen d'âge développe
Le petit papier convoité...
Un pou bondit de l'enveloppe
Quelque peu désorienté.

Le pou qui connaît son affaire,
Sans avoir longtemps hésité,
Va dans la barbe qu'il préfère
Chercher un refuge habité.

Et la barbe qu'avait choisie
L'électeur mis en liberté,
Devenait par sa fantaisie
Une barbe de député.

Les Échevins de Westphalie
Avaient, pour faire un député,
Une méthode assez jolie
Pleine d'originalité.

LÉGENDE BRETONNE

C'était au temps de jadis,
Au commencement du monde,
Notre mère Ève la blonde
Visitait le paradis.

Adam sur une pelouse
Reposait en grande paix,
Et dans les bosquets épais
Laissait courir son épouse.

C'était jour de grand soleil,
De calme et de solitude;
Adam, pris de lassitude,
S'abandonnait au sommeil.

Pendant ce temps, la coquette
Se mirait dans les ruisseaux,
Et tous les petits oiseaux
Allaient gaîment en conquête.

Or, il advint qu'un pommier
Se trouva sur son passage,
Tel, qu'elle ne fut pas sage,
Dit-on; — c'était le premier.

Elle approcha vite, et comme
Un des fruits pendait très bas,
A peine en tendant le bras,
Elle décrocha la pomme.

Puis, se hâtant vers Adam,
L'invita, d'un regard tendre,
A vouloir, sans plus attendre,
Y donner un coup de dent.

Un désir subit le change;
Il se dresse, elle sourit,
Lui tend la pomme et lui dit :
« A'tam ! » c'est-à-dire : « Mange ! »

Mais il eut soif toutefois,
Et de la source prochaine,
Elle, arrivant la main pleine,
Fit : « Ev' », c'est-à-dire : « Bois ! »

C'était au temps de jadis,
Au commencement du monde;
Notre mère, Ève la blonde,
Visitait le paradis.

LE TISON

—

Oh! si fait qu'on peut atteindre
La cendre qui va s'éteindre
En brûlant trop à l'étroit!

Donc, avant qu'elle se glace,
Cherchons la petite place,
Dont l'âtre ne soit pas froid;

Et, quand nous l'aurons trouvée,
Telle encor qu'on l'a rêvée,
Et qu'on l'aime en la saison,

On verra bien que la flamme,
Pour resplendir ne réclame
Que le secours du tison.

Il faudra que l'étincelle,
Du foyer qui la recèle,
S'échappe un jour en brillant;

Et, montrant sa perfidie,
Qu'elle allume l'incendie
Comme un feu plus violent.

Gardez-vous de le combattre,
Car le petit diable à quatre
Ménage une trahison.

Il sortira de la cendre
Et prendra, pour se défendre,
Au lieu d'épée un tison.

S'il ne se hâte de naître;
S'il dort trop longtemps peut-être,
Réveillez le beau dormeur;

Et, réjoui, frais et rose,
Que sa bouche, fleur éclose,
Respire la bonne humeur.

Il n'est cloître de nonettes,
Pensionnat de fillettes,
Et si hauts murs de prison,

Qu'on ne trouve une parcelle
Du cœur d'une demoiselle,
Brûlant même sans tison.

Quand le petit feu pétille,
Le teint de la jeune fille
Est plus clair et gracieux,

Et la bienfaisante flamme
Fait que le bonheur de l'âme
Se lit toujours dans les yeux.

Jeunes filles que l'on aime,
Faites-vous la beauté même :
Vous aurez toujours raison.

Jeunes gens qui voulez plaire,
Portez comme scapulaire :
Un cœur percé d'un tison !

LES PIERROTS

—

Pour une saison tout entière,
Sont venus, au printemps fleuri,
Faire leur nid sous ma gouttière,
Dame Pierrette et son mari.

Comme le couple heureux s'agite,
Et paraît content de garnir
Des plus douces choses le gîte
Où les petits pourront venir!

Aussitôt les œufs, elle couve,
Et lui, va, vient, vole partout,
Pille la gerbe, cherche et trouve
L'insecte qu'elle aime surtout.

Pierrot d'abord de sa compagne
Ne s'écarta que peu d'instants,
Puis bientôt fut, dans la campagne,
S'ébattre et courir plus longtemps.

Or, perchait sur un arbre en face
Un moineau vieux et libertin,
Qui surveillait de l'œil la place
Pour s'y glisser un beau matin.

Il fut charmant pour la pauvrette,
Un ami si fidèle enfin,
Qu'elle avoua, — douleur secrète, —
Que quelquefois elle avait faim.

Dès lors pensa le bon apôtre
S'employer à faire le bien,
Si bien que, l'un suppléant l'autre,
Elle ne manqua plus de rien.

On aime assez qui vous écoute,
Aussi notre petite fit
Que, pour mieux entendre sans doute,
Le galant au nid se blottit.

Pierrot survint ; ce fut querelle.
On se battit fort, et l'intrus,
Sanglant, déplumé, traînant l'aile,
Jura qu'on ne l'y prendrait plus.

Mais sur Pierrot tombait le blâme,
Aussi depuis mit-il ses soins
A s'occuper seul de sa dame;
Et pour cela s'écarta moins!

LA PIERRE BLANCHE

—

Les anciens, d'une pierre blanche,
Marquaient jadis les jours heureux :
Je pourrais marquer ce dimanche
De même qu'eux ;

Mais, — comme ce n'est plus l'usage
Et que, d'ailleurs, on pourrait bien,
En faisant mon petit ménage,
N'épargner rien,

J'ai pour noter cette journée
Un autre moyen bien plus sûr :
Une croix à la cheminée
Ou sur le mur ;

Mais, — l'éponge, suivant l'usage,
Viendrait laver, laver si bien,
Que la croix par le savonnage
Ne vaudrait rien.

Ce contre-temps me désappointe,
Pourtant je garde bon espoir,
Car jai pensé nouer la pointe
De mon mouchoir ;

Mais, — ce témoin au blanchissage
Ne se comporterait pas bien,
Et, certes, après le repassage
Ne saurait rien.

Il est vrai, je puis, sans reproche,
Pour fixer l'heure à l'avenir,
Dans ma porte faire une coche
En souvenir ;

Mais, — mon propriétaire sage
M'enverrait voir plus loin combien
Il est peu content de l'usage
De mon moyen.

Je pourrais, — mais non je préfère
Etre surpris une autre fois,
Plutôt que de songer à faire
Partout des croix.

Vous avez donc été vous mettre
Au piano, gentiment, — c'est bien, —
Sans que l'on vous eût fait promettre
Jusque-là rien.

Lors, de la blanche et de la noire,
Goûtant le rythme modulé,
J'en ai conservé la mémoire
Fermée à clé,

Et je ne serai pas moins aise,
Un autre jour, d'être charmé,
En me disant : « C'était le seize
» Du mois de mai ! »

BOUQUET DE FÊTE

Je voudrais vous cueillir un bouquet de ma main,
Et vous l'offrir moi-même au jour de votre fête ;
Mais je dois malgré moi m'arrêter en chemin,
Sans oser espérer de vous voir satisfaite.

Je creuse mon cerveau bouillonnant et fiévreux ;
Je fouille mes buissons d'une main droite avide.
Je trouve mes buissons inextricables, creux,
Et, creusant mon cerveau, je creuse dans le vide.

Les buissons épineux ne portent pas de fleurs ;
De même, vrai fourré, de ronces obsédée,
Ma cervelle ne peut enfanter sans douleurs
Le plus petit sujet ou la plus simple idée.

Forêt vierge, jamais explorée, aux détours
Sans fin, où le soleil ne vient pas encor luire ;
Imprenable à l'assaut comme les vieilles tours ;
Sol qui n'a pas produit et qui voudrait produire !...

Mais que puis-je cueillir dans mon triste jardin,
Qui, si mal cultivé, doit paraître si sombre ?
Un bouquet exposé certe à votre dédain,
Car les fleurs de printemps ne croissent pas à l'ombre.

Si la fleur pour briller réclame du soleil,
Aussi bien mon esprit a besoin d'une cause,
D'une inspiration qui, forçant son réveil,
L'oblige à croire en lui pour être quelque chose.

Il faudrait qu'une main élaguât les rameaux
Et jetât dans ce sol le germe de la vie.
Il faudrait qu'une voix prononçât quelques mots :
Le « Fiat lux » de l'âme aux ténèbres ravie.

Mais la clarté se fait, tout me semble moins noir ;
Moins drue est ma broussaille et moins grande est ma crainte.
Le Dédale est moins sombre et je commence à voir
Qu'il est une Ariane à chaque labyrinthe.

LE PETIT PENDU

Si vous les aviez vus se tenant par la main,
Le garçon de dix ans et l'alerte fillette,
Chassant le papillon et cueillant en chemin
Le bouton d'or, la pâquerette !

Si vous les aviez vus allant à travers champ,
Et, de coquelicots tressant une couronne,
Marchant, courant, riant, chantant le même chant,
Et d'un tertre faisant un trône,

Lui, comme un chevalier qui, revenant vainqueur,
Dépose ses lauriers aux genoux de sa dame,
Elle, rouge de joie, et sentant que son cœur,
Tout jeune encor, bat comme une âme !

C'était l'affection d'un frère pour sa sœur ;
Le bonheur d'être ensemble, et de voir les journées
Si belles, éclairer avec tant de douceur
L'amour des premières années.

Il se croyait un homme et non point un marmot,
Et soutenait cela d'un air de bonhomie.
Quand il n'était pas sage, il cédait au seul mot
Qu'on le dirait à son amie.

On les trouvait partout si roses, si gentils,
Qu'on les idolâtrait et qu'on leur faisait fête.
Puis à tous les foyers, — ils étaient si petits ! —
Que leur place était toujours faite.

Ah ! comme son regard a subitement lui !
Comme son front se dresse et son œil bleu s'enflamme !
Comme il serre les poings quand on veut devant lui
Taquiner sa petite femme !

Elle, se faisait grande et personne n'eût ri
De leurs amusements si pleins d'innocents charmes,
Et ne se fût raillé de son petit mari,
De peur de voir couler ses larmes !

Aussi leurs jours passaient tous semblables, heureux,
Sans leur donner d'ennui que la peine de vivre,
Et, comme seul travail, ils apprenaient tous deux
A lire dans le même livre.

Et, la main dans la main, penchés front contre front
Sur le livre, en dessous échangeant un sourire,
Contents à deviner que l'autre soit plus prompt,
Voilà comme ils aimaient à lire.

Mais un jour elle fut plus triste vers le soir ;
Elle avait très longtemps couru dans l'herbe humide.
La toux sèche scandait sa voix, un cercle noir
Bistrait sa paupière timide.

Plus d'éclats de gaîté, plus de rire si clair.
Elle, ne jouant plus, disait à l'enfant : « Joue ! »
Elle avait comme peur du soleil et de l'air
Et la pâleur couvrait sa joue.

Elle aimait bien encor son petit compagnon,
Mais dès lors lentement tout lui devint pénible.
La fleur n'était plus belle, et l'oiseau plus mignon
Pour toucher son cœur insensible.

Elle repoussait tout d'un mouvement fiévreux,
Et regrettait déjà son instant de colère.
Lui, redoublait de soins, inventait d'autres jeux,
Sans parvenir à la distraire.

D'un sourire navrant elle les accueillait.
Que servent les efforts ! que sert l'esprit fertile ! —
Elle remerciait, et son regard semblait
Dire à l'enfant : « C'est inutile ! »

Puis, un jour, quand on vit du lointain accourir
Les frimas rigoureux et leurs neiges fidèles,
Elle partit, mais sans espoir de revenir
Quand reviendront les hirondelles.

On lui fit une tombe où son petit ami
Vint effeuiller les fleurs qu'elle aimait davantage ;
Mais il avait le front plus triste et plus blêmi
    Et le désespoir au visage.

Il ne savait plus rire et n'osait pas pleurer.
Il restait de longs jours et de longues veillées
A songer à la mort qui pourrait resserrer
    Leurs deux âmes dépareillées.

Or, fatigué d'attendre, il n'a plus attendu,
Et, choisissant un arbre, au loin, dans la campagne,
Par amour, — à dix ans ! — cet enfant s'est pendu,
Pour revoir plus tôt sa compagne !

LA COUPE

J'avais cessé de lire, et, relevant la tête,
Dans un de ces moments où l'esprit croit planer,
J'aperçus, voltigeant, une mouche inquiète
Qui tournait, bourdonnant, et me semblait en quête
D'un atome pour déjeuner.

Du regard je suivis l'allure de l'insecte
Pour qui je devais être un fantôme trompeur.
La mouche allait, venait, tremblante, circonspecte,
Car ma tasse de lait lui paraissait suspecte,
Tout en ne lui faisant pas peur.

Enfin, s'enhardissant à me voir immobile,
Elle s'écarta moins, s'approcha tout d'abord,
S'enfuit, revint, s'enfuit encor, puis plus tranquille,
Aux rives du lac blanc parvint d'un vol habile,
Et fut se poser sur le bord.

Là, fière, repliant son aile diaprée,
Et, de sa grande audace interdite un instant,
Elle se reprocha de s'être aventurée ;
Puis, de sa tentative aussitôt rassurée,
Demeura se félicitant.

Alors en descendant, elle se mit à suivre
La paroi de la coupe, objet de ses désirs,
Comme un esprit pressé de connaître et de vivre,
Qu'attire l'inconnu, que subjugue et qu'enivre
Le parfum mortel des plaisirs.

Une fois en chemin, il n'est plus de barrière ;
On part avec lenteur, puis on double le pas ;
On ne ménage plus la porte de derrière,
Et, ne pouvant dès lors retourner en arrière,
Il faut descendre jusqu'en bas.

On est en bas ! — on voit, on admire et l'on touche.
Le spectacle remet des peines du chemin.
On aspire ; — on pourrait l'effleurer de la bouche ;
On goûte à l'inconnu charmant ; — on est la mouche
En figurant le genre humain.

Voilà donc ce nectar qui faisait tant envie
Et qui vient relever d'un jeûne rigoureux ?
Au festin du bonheur le hasard nous convie.
On va se délecter du breuvage de vie
Dont se délectent les heureux !

La surface semblait si charmante et si lisse,
Et d'ailleurs, on tiendrait encore la paroi —
Puis, quand on a tant fait, c'est un nouveau supplice
De ne pas humecter ses lèvres au calice
Qui resplendit auprès de soi !

On hésite pourtant, — on regarde, — on se prive ;
Mais la tentation vous pousse vers le but.
On approche, on se penche, et bientôt il arrive
Qu'en se penchant si bien on délaisse la rive,
Sans une planche de salut.

Alors, je secourus ma petite imprudente,
Et, tout en lui séchant les ailes, je pensais
Que notre perte en vain nous paraît évidente ;
Que l'exemple d'autrui qui glisse sur la pente
Nous frappe les yeux sans succès.

Mais ce poison subtil qui déprave et qu'on aime,
Enlève en même temps la force et la fraîcheur.
Ne l'eût-on respiré qu'un seul instant suprême,
L'âme y devra laisser le plus pur d'elle-même :
Quelque chose de sa blancheur.

RÊVE D'AMOUR

—

Je montai tout en haut.... la porte était ouverte,
Le sol jonché de fleurs et la fenêtre verte
Du feuillage grimpant en guirlandes à jour.
Mon regard de la chambre eut bientôt fait le tour.
Partout des fleurs, aux murs et sur la cheminée.
Le soleil éclairait chaudement la journée,
Et, filtrant au travers du tamis verdoyant,
Estompait des reflets d'un éclat moins brillant.
Sur le lit reposait, souriante et sereine,
Avec la dignité superbe d'une reine,
Une fille, une enfant presque, les deux yeux clos.
Son sein parfois semblait suffoqué de sanglots,
Puis prenait brusquement le calme de la pierre.
On devinait des pleurs cachés sous sa paupière,
Et, comme on voit trembler aux branches le grésil,
Une larme perlait à la pointe d'un cil.
Les deux bras ramenés en croix pour la prière,
La tête enguirlandée et jetée en arrière,
On eût dit que l'extase et ses ravissements
Avaient plongé son âme en leurs enchantements.

Elle était immobile et blanche sur sa couche,
Et des mots par instants voltigeant sur sa bouche,
S'effaçaient en murmure harmonieux et doux.
Nous étions là plusieurs et nous nous taisions tous.
On avait dans l'esprit des terreurs insensées,
Et le cœur se serrait à l'angle des pensées.
Soudain elle appuya la tête dans sa main,
Et, fixant un regard qui n'était plus humain,
Mais paraissait rempli des visions de l'ange,
Elle fit comme un chant, grave et triste mélange
De craintes et d'amour, de rires et de pleurs :
« Le papillon rentrait au royaume des fleurs....
» Le volage venait pour saluer sa rose,....
» Elle était du matin tout fraîchement éclose,
» Et sa tige inclinait vers son amant d'un jour.
» Quelle grâce il avait ! Pour elle quel amour !
» Il savait la trouver parmi tant d'admirées,
» Et la baisait du bout de ses ailes dorées.
» O charmes ! ô bonheurs ! — Ineffables plaisirs !
» Comme il fuit pour donner plus de force aux désirs.
» Méchant, il part ! Mais non ! sa fuite est mensongère.
» Voyez, vite il revient de son aile légère.
» Il la veille, il l'entoure, il l'aime, il en prend soin.
» Il feint de s'éloigner, mais il ne va pas loin....
» Oui ! C'est bien, jusque-là.... pas plus ! Non, reviens vite.
» Ami, j'ai peur, je tremble ! Oh ! puis surtout évite
» Cette fleur, là, tu vois.... ne vole point là-bas !
» Mignon, reviens; mais non ! n'y vas pas ! n'y vas pas ! »

Elle agita la main comme pour le reprendre,
Puis retomba sans force, et nous crûmes entendre,
Au milieu des soupirs et des pleurs abondants,
Un souffle comme un râle expirer dans ses dents.
On eut peur de la voir en proie à cette crise:
On l'éveilla. — Ses yeux peignirent la surprise;
Mais elle se souvint et nous dit tristement:
« Que fait la fleur sans air, l'amante sans l'amant?
» Elle meurt! — Il vaut mieux que de souffrir sans trêve.
» Je rêvais! — Vous m'avez arrachée à mon rêve.
» J'aimais! — Il est parti pour ne plus revenir.
» Pourquoi me réveiller, j'espérais tant mourir! »

LA SOURIS

—

Une souris ! Qu'elle est gentille !
        Son petit œil,
Que l'on dirait fait à la vrille,
        Guette et scintille
Là-bas, là-bas, sous le fauteuil.

Ne remuons pas, dans la crainte
        De l'effrayer ;
Car elle a, là, près de la plinthe,
        Un labyrinthe
Qu'elle peut bientôt remblayer.

Son joli museau fin s'agite,
        Sans s'arrêter.
Au moindre bruit elle court vite
        Au fond du gîte
Où sa frayeur va s'abriter.

Et voilà donc la trouble-fête ?....
Une souris !
Vous allez devant cette bête
Perdre la tête
Et fuir avec de petits cris !

N'ayez peur, elle s'apprivoise,
Et quand demain
Vous penserez que la sournoise
Vous cherche noise,
Elle viendrait sur votre main.

Oh ! j'ai senti dans votre veine
Un tel frisson,
Que je crains que toute ma peine
Ne soit bien vaine,
De parler de cette façon.

Pourtant, par la métempsycose
Chère aux esprits,
J'irais dans un coin quand on cause
De quelque chose....
Si j'étais petite souris.

Ah ! je serais audacieuse !
J'irais sans bruit,
Trottinant bien silencieuse
Et curieuse,
Vous entendre dormir la nuit.

Je ferais craquer votre table,
Pour faire peur.
Je me rendrais insupportable
Et redoutable,
En jouant à l'esprit frappeur.

Puis un jour, quêtant une miette
De votre pain,
Vous me trouveriez inquiète,
Près de l'assiette
Où je voulais calmer ma faim.

Vous me tireriez les oreilles
De petit-gris,
Mais n'auriez plus peur, dans vos veilles,
De mes pareilles....
Si j'étais petite souris!

L'ABANDONNÉE

Elle avait quatorze ans, allait par la campagne,
Toujours seule, sans rien qui l'aimât, sans compagne.
On ne lui connaissait ni mère, ni parents.
Tous les petits enfants en avaient peur; les grands,
Plus forts ou plus méchants, l'appelaient l'abrutie.
Son malheur éveillait pourtant la sympathie,
Et les vieux, la voyant passer sur leur chemin,
Rêveuse, son panier d'osier dans une main,
Le regard inquiet et la mine étonnée,
D'un geste de pitié suivaient l'abandonnée.
Elle, passait, disant bonjour aux paysans,
Sans jamais se fâcher des propos médisants.
Aux fermiers du pays elle offrait ses services,
Et, pendant la saison, pêchait des écrevisses;
Puis, dans les mauvais jours, en se serrant un peu,
Les fermiers lui faisaient sa part, — la part de Dieu.
C'était l'enfant de tous et l'enfant de personne!
Avant-hier, au milieu du jour, la cloche sonne;
Le portail de l'église est tendu de draps blancs;
Au chœur on dit des chants monotones et lents.

On cesse le travail de la terre qu'on fouille;
Au son du glas funèbre on prie, on s'agenouille.
Le laboureur s'arrête au milieu du sillon
Et s'unit de pensée au triste carillon;
La mère à ses enfants fait dire une prière,
Et l'aïeule qu'on laisse au seuil de la chaumière,
Et dont le chapelet a fatigué les doigts,
Ne pouvant plus prier, fait un signe de croix.
L'idiote, passant, s'assied sur une borne,
Et, fixant sur l'église un regard terne et morne,
Semble se demander ce que sont ces apprêts,
Quand un méchant, pour qui le mal a des attraits,
Et qui devra pleurer chaque jour de sa faute,
Désigna l'abrutie et dit d'une voix haute :
« Que n'est-elle pas morte! Au moins elle serait
» Heureuse, et nul, d'ailleurs, ne la regretterait. »
L'idiote entendit! car, après la journée,
Rencontrant un enfant qui l'avait chagrinée,
Pour se venger peut-être elle lui dit tout bas :
« Oh! je vais être heureuse! oui, demain, tu verras! »
Bien heureuse, c'est vrai! — C'est un récit qui navre.
Le lendemain, — hier, — on trouva son cadavre
Flottant dans une mare au milieu des roseaux.
On entendait partout les chants gais des oiseaux
Qui fêtaient le bonheur de leur petite amie.
Dans l'oubli d'ici-bas elle était endormie,
Et ces joyeux concerts, honorant son malheur,
Accompagnaient son âme aux pieds du Créateur.

UN JOUR NOIR

—

Mes amis, l'âme un jour vous paraît triste et sombre;
C'est qu'au gouffre du Temps toute espérance sombre.
Et parfois on se dit
Que croire en l'avenir c'est être téméraire,
Et que de ses rigueurs la fortune contraire
Ne fait pas long crédit.

On pense qu'il était heureux, et que sans doute,
Ayant déjà senti les cailloux de la route,
Il s'est cru terrassé.
On a raison! — Ses pieds n'aimaient pas leur rudesse.
On se souvient encor de la pierre qui blesse
Après être passé.

Le cœur est retrempé par de bonnes paroles,
Et si les fleurs souvent referment leurs corolles
A tels attouchements,
L'âme, comme une fleur qu'on ouvre et qu'on effeuille,
S'isole, se raidit, se ferme feuille à feuille,
Après des froissements.

C'ÉTAIT UN RÊVE

Quand, la nuit, l'enfant voit des loups,
La sorcière ou croquemitaine,
Sa mère, dont les soins jaloux
Savent la manière certaine
De consoler ce grand chagrin,
Berce cet amour, le soulève,
L'éveille à son gentil refrain
Et dit : « Mignon, c'était un rêve! »

Quand l'homme, après avoir lutté,
Malgré tant de vertus viriles,
Remonte vers l'éternité,
Sentant tous ses efforts stériles,
Il regarde dans le passé;
Mais la route faite est si brève,
Et son pas est si peu tracé,
Qu'il répète : « C'était un rêve! »

Quand toutes nos illusions
Tombent comme des feuilles mortes,
Ou, comme autant de papillons,
S'envolent par toutes les portes,
L'espérance fuit aussi bien
Que la bulle que le vent crève,
Et nous pensons : « C'est moins que rien,
» C'est moins que rien... c'était un rêve! »

Quand vous nous aurez dit adieu,
Pour longtemps, pour toujours peut-être;
Quand là-bas, à l'horizon bleu,
Vous allez bientôt disparaître,
Regagnant le foyer, ce coin
Auquel votre bonheur s'achève,
Lentement, regardant au loin,
Je me dirai : « C'était un rêve! »

LES RELEVAILLES DE LA FRANCE

—

C'était après la crise, après les temps troublés,
Après avoir passé la formidable épreuve,
Alors que les débris, près d'elle amoncelés,
De son antique honneur laissaient la France veuve.
Quand on l'eut abaissée, humiliée aussi,
Lorsque par la défaite elle fut disloquée,
On la crut, — mais à tort, — amenée à merci,
Notre pauvre France tronquée !

Elle avait bien souffert et devait bien souffrir ;
Mais que de vie encore au cœur de la blessée !
Comme ils sont marqués, ceux qui ne peuvent périr,
Et comme l'espérance en leur âme est fixée !
On l'amputa ! — C'était son sang qu'il leur fallait.
Ils ont pensé qu'autant saignerait la blessure,
Autant l'âpre douleur et le sang qui coulait
Aviveraient la meurtrissure.

Alors ils ont veillé la malade de près,
L'air inquiet de gens qui la désiraient morte ;
Mais quand ils observaient le mal dans ses progrès,
Elle se ranimait et devenait plus forte !

Puis un jour, la croyant déjà près du tombeau,
On la vit se dresser miséricordieuse,
L'esprit plus net, le cœur plus pur, le front plus beau,
Dans une aurore radieuse !

On vit cette faiblesse et ce relèvement :
Sa résurrection qui fut presque un miracle !
Donc, elle fit ce vœu, ce souhait, ce serment,
De donner en revanche aux peuples ce spectacle ;
Mais comme elle voulait pour vaincre un champ clos tel
Qu'elle pût exercer de nobles représailles,
Son Exposition fut le temple et l'autel
De ses splendides relevailles !

Saluons ! — C'est encor la France des grands jours ;
Celle qui du salut jamais ne désespère ;
Qui fait, au lendemain des revers, ce concours
Pour apparaître à tous triomphante et prospère !
Elle unit les efforts, les succès et les cœurs
Dans le travail fécond auquel la paix se fonde,
Et la grande vaincue, invitant ses vainqueurs,
Préside à la fête du monde.

Et maintenant, vous tous assemblés à sa voix,
Allez dire !... allez dire aux pays de la terre
Que la France est toujours riche comme autrefois,
Et que sa gloire a pris quelque chose d'austère.
Portez l'enseignement : c'est que le travail rend
La puissance par ruse et par force enlevée.
Dites aux nations : « Je l'ai vue à son rang ;
» J'ai vu la France relevée ! »

LE PREMIER-NÉ

C'est celui qui fait qu'on espère
Que d'autres viendront après lui :
Qui donne du bonheur au père,
Et peut-être fait son ennui.

Celui pour lequel les dentelles
Et les parures du trousseau
Ne sembleront jamais trop belles
Pour la splendeur de son berceau.

Pour mon livre, — enfant poétique, —
Si j'ai voulu qu'il fût orné,
C'est que, — s'il n'est pas fils unique, —
C'est tout au moins le premier-né.

TABLE

SONNETS ET RONDEAUX

POÉSIES DIVERSES

www.ingramcontent.com/pod-product-compliance
Ingram Content Group UK Ltd.
Pitfield, Milton Keynes, MK11 3LW, UK
UKHW031902260826
14628UKWH00002B/937

9 782019 211394